クロカミ
The Black Slip

国民死刑執行法

今井恭平

現代人文社

目次

著者は観念をそう遠くに探し求める習慣をもってはいない。
著者が本書を思いついたのは、誰でもみなが思いつきうるところ、
誰でもおそらく思いついたろうところにおいてである。

ヴィクトル・ユーゴー『死刑囚最後の日』序文　豊島与志雄／訳　岩波文庫

第1章

召喚

二月二十三日　月曜　朝

「それは困ります。会社の方は自分で適当な理由をつけて休みますから、そちらから連絡するのはやめてください」

小河真由《おがわまゆ》が、電話に向かって半分悲鳴のような声を上げるのを、もし誰かそばで聞いていたら驚いたろう。なで肩でほっそりとした体型のせいで、女性にしてはやや長身でありながら小柄に見える真由は、その印象通り、声を荒げるようなことはめったになかったからだ。

電話口の向こう側にいる人間は、声からするとせいぜい三十歳くらい、ひょっとしたら真由と同じ二十歳代半ばくらいかもしれない。役所からの呼び出しという大義名分なら、会社を休むのも簡単だろうと思っているらしいところが、いかにも役人だ。

「とにかく、木曜日にはちゃんと出席しますから、余計なことはしないでください」

「余計なこと」というひと言で不快感を伝えるのが、真由には精一杯の抵抗だった。

受話器を置くと同時に、大きなため息が口をついて出た。ダイニングテーブルの椅子に、腰からくだけるように座り込む。

信販会社のダイレクトメールや宅配ピザ屋のチラシなどに混じって、「不在配達連絡票」と書かれたカードが、マンション一階ロビーの郵便受けに入っていたのが五日前、水曜夜の帰宅時のことだ。不在時に届いた郵便物の種類を示す欄には「配達証明」と記されていた。クレジットカードの更新か何かかしら？とさほど気にもせず、金曜日は早く帰宅できるからと、翌々日、夜の配達を依頼しておいたら、午後八時少し過ぎに、何の変哲もない一通の茶封筒が届けられた。

その封書を開けた途端、真由の週末は休息とほど遠い気分につつまれたものに変色した。

翌土曜日は久しぶりの好天で、いつもの真由なら、起き抜けに洗濯機を回し始めるところだが、この日は何も手につかないまま、ふと気づくと、膝の上に広げていたファッション雑誌の上に、黄昏時の陰影が落ちていた。

洗濯も掃除も明日にしよう、と思ったその日曜日は朝から曇り空で、昼前には雨になった。それを口実に、この日も無為を決め込んだまま、気分は真冬の曇天さながらに重苦しさを加えていくだけだった。

そして月曜日、役所の始業時間の午前九時を回るのを待ちかねて、真由は封筒に書かれていた番号へ電話をかけ、担当者を呼び出した。こんな封書をいきなり送りつけてくるだけで、人の気持ちや生活を無頓着に混乱させるような真似は許せない。絶対に強く言ってやるんだ、と思っていた。

「お断りになるには、それなりの理由が必要ですし、手続きもいろいろ必要ですよ」

電話に出た相手の声は、最初から有無を言わせぬ事務的な強引さで、逆に真由の出鼻を簡単にくじいてしまった。

「とにかく、今週木曜日の説明会には必ずご出席いただく必要があります。役所からの正式な呼び出しであることを、こちらから会社には連絡しますから」

西原某と名乗る若い法務官僚は、短い会話の中で「必要です」を五、六回は繰り返した。

電話では埒があかない。しかし木曜日に出頭すれば、そのまま帰れなくなる可能性もある。弁護士に相談しようかしら？　しかし真由にはそんな弁護士のあてなどなかった。知的財産権が専門の、会社の法務対策部に相談できるようなことではない。

とは言っても、いつまでも放心している訳にもいかない。時計は容赦なく九時二十分に近づき、もう出かけなければ仕事に遅れてしまう。真由はあわただしくコーヒーカップに手を伸ばし、口に運んだ。起き抜けに淹れたコーヒーはもうほとんど冷めていたとはいえ、そのほのかな苦みが、ようやく出勤するための力を呼び覚ます。ブリーフケースを手にとり、黒のピーコートを素早くはおって玄関に向かう。ドアを閉める瞬間、玄関脇の鏡に映った自分の顔色をちらりとチェックする。

真由は、子どもの頃から自分の顔が嫌いだった。目も鼻も口も、みんな小ぢんまりと行儀よく並んでいるだけで、大きなぱっちりした二重まぶたの瞳や、肉感的な唇といった可愛い女の子のスタンダードとはおよそ無縁な顔だと思っていた。

鏡の中のけさの真由は、寝不足がもろに顔に出て、腫れぼったい目をしている。

「けさは、ぜんぜん可愛くないぞ」

自分自身にちょっとおどけた悪態をついてみる。それで何とか自分にはずみをつけて、冬の朝の寒気の中へ飛び出した。

いつもより三十分以上も遅れて、フレックスタイムのコアに決められている午前十時ぎりぎりにタイムカードを押した。机の上には、先週やり残した仕事がそのまま真由を待ち受けている。

けさは、とても仕事に気持ちが向きっこないのは分かっていた。とりあえずパソコンの電源を入れると、インターネットのブラウザを起動する。検索エンジンの入力ウインドウでカーソルがブリンクする。何となくそれを数秒間みつめていると、手が勝手に動いて「クロカミ」と入力しそうになった。

真由は、あわててキーボードから手を離した。会社のパソコンは人事部のシステム管理者がすべて監視しているという噂があった。誰がどんなデータにアクセスしたか、検索エンジンでどんなキーワードを探したかも、すべてデータとして蓄積され、定期的にチェックされている、と聞いたことがある。真偽のほどは定かでないが、真由を躊躇させるだけの心理的な力は間違いなくあった。

けっきょく昼休みまで、メールのチェックや、大して急がない返信を書いたりして時間を消費した。その間、頭の中はクロカミのことで完全に占拠され、出口を探してやみくもに走り回る迷路のネズミさながらに、運動量だけを無駄に消耗し続けていた。

真由は、昼休みを待ちかねるようにして、社屋から外へ出た。大部分の社員が同じビル内の幾つかのレストランに散っていくのに逆らうように、足早に地下鉄の最寄り駅に向かう。いつもはＪＲを使うのだが、大した意味がないことは分かっていながら、少しでもふだんの行動パターンと違った場所の方が安心できるような気分になっていることが、自分でも半分は滑稽だった。

通り過ぎる人たちはみな、コートに首を埋めるように肩を丸め、白い息を吐きながら足早に行き過ぎる。きょうはこの冬一番の冷え込みになる、とテレビが言っていたっけ。

《貴子《たかこ》に相談してみよう》

山岸《やまぎし》貴子は、学生時代の友人で今でもつき合いのある数少ない一人。雑誌の編集という、真由にはなじみのない仕事をしている。以前、彼女が作っているという雑誌を見せてもらったのだが、確か法律関係の専門誌だったように記憶していた。貴子なら、何か知恵を貸してくれるかもしれない。真由は、歩きながら貴子の携帯電話を呼び出した。

二月二十三日　月曜　夜

その日の夕方、真由と貴子は、共通のターミナルであるH駅の南口から歩いて十分ほどのシティホテルのロビーで待ち合わせた。

「そうか、何だか深刻な声を出すから、何かと思ってたんだけど、そんなこととは想像もしなかったわ。男がらみの話だとばっかり思ってた」

地階のカフェバーに入って向かいあうと、急に暖房のある場所に入って曇ってしまった眼鏡をはずし、出されたおしぼりでレンズをぬぐいながら貴子が言った。何だかしぐさがオヤジじみてるな、と真由はひそかに思う。オヤジばっかりの世界で仕事しているからかしら。

貴子となら、いつもは気のおけない居酒屋あたりで会うのだが、きょうはできるだけ静かに話のできる場所を選ぶ必要があった。場所を指定したのは貴子の方。仕事の打ち合わせと称して、たまに編集者仲間や執筆者などと来る店らしい。執筆者といっても、彼女が担当しているのは作家やジャーナリストではなく、弁護士や法律関係の学者が多いのだという。

時間が早いせいか、カウンターと四つ五つのボックス席しかない小さな店も、まだ空席の方が多かった。それでも女同士の二人連れは、カウンター席に案内された。

スーツを着た真由に対して、貴子はジーンズに明るいブルーのセーターというラフな恰好だ。丸顔で童顔の彼女は、眼鏡をはずすと途端に幼く見える。自分でもそれを意識しているのだろうか、わざわざ老けて見えるような黒縁のやぼったいフレームの眼鏡をかけていた。

ビールのジョッキを合わせて、形だけの乾杯をすると、しばらく沈黙が続いた。二人にしては珍しいことだ。

「それで、あなた今それ持ってるの？」

沈黙を先に破ったのは貴子の方だった。

真由は脇の椅子に置いたブリーフケースからそれを取り出すと、貴子に差し出した。

「けさからずっと持って歩いてるわよ。こんなもの、どこに置いておくのも不安だもの」

貴子はビールのジョッキを横に押しやると、注意深くその封筒を受け取った。そして中から取り出した書類をためつすがめつして、冒頭に記されているタイトルを、ゆっくりと確かめるように口にした。

「『刑法修正十一条に基づく執行員候補者召喚状』かぁ。法律専門誌の編集をやっているわたしだって、現物を見るのは初めてよ。不謹慎だけど、興味津々だわ。刑法改正の時には何度か特集を組んだこともあったし、日弁連でも議論が割れて大騒ぎした法案だというのに、五年も経ってしまうと、正直いってわたし自身、最近はあまり考えてもみなかった」

《そんな感想を聞きたいんじゃないのよ。何とか助けて欲しいの》

真由のそんな焦燥を知ってか知らずか、貴子は続けた。

「でも、これってなんでクロカミっていうのかなぁ？」

のんびりとした口調は、いつもの貴子のくせにすぎないのは分かっていた。しかし、しょせんは第三者に過ぎない彼女には、自分の気持ちがどれほど切迫しているかが伝わっていないらしい。そんなもどかしさに、真由の口調は思わずいらだちを帯びた。そして金曜日の夜以来、何度も自分の中で反芻した問いを、初めて口に出して言った。

「そんなことより、どうしてわたしなのよ？　どうしてわたしが死刑なんかに関わらなければならないの？」

その問いに答えるなんてこと、貴子にできっこないことは分かっていた。彼女が悪い訳でもないし、誰のせいにもできない。自分の運が悪いとしか言いようがないのかもしれない。逃れるすべを一所懸命考えようとしていること自体が、滑稽なことなのかもしれない。

「やっぱり、戦争中の召集令状をアカガミっていったことからの連想かしら。アカガミって、本当に赤い紙だったたって知ってた？」貴子がジョッキを傾けながらきいた。

「真っ赤ってことはないけど、ピンク色だったんだって。何かで読んだことがあるわ。でもさ、クロカミって黒い紙が入ってる訳でもないし、誰が言い出したんだろう？　それに、黒い紙ならクロカミじゃなくてクロガミだよね。アカガミ、テガミ、チリガミ、チヨガミ、オリガミ……紙に関係する言葉は、みんなナントカ・ガミだもんね。こういうことが気になっちゃうのって編集者の職業病かなぁ」

こんな調子では、貴子もあまりあてになりそうにない。そう思うと、真由もいつしかジョッキを重ねるペースが上がっていた。

二月二十四日　火曜　夜

翌日、退社時に携帯をチェックすると、貴子からメールが入っていた。

「きのう話した弁護士と連絡がつきました。遅くなってもかまわないから、家の方に電話ちょうだい」

自分では役に立てないけど、その問題に詳しい弁護士なら一人知っている、という貴子の言葉にすがって、至急会えるように紹介してくれないか、と真由は頼み込んでいた。弁護士に何をどう相談してよいのかさえ、実ははっきりしていなかったが、法律と何らかの形で関わりがある知人は貴子しかいなかったし、その貴子が紹介してくれるという弁護士に会ってみる以外に、木曜日まで残り少ない日にちをどう過ごしてよいか何の思案も浮かばなかった。

真由は貴子の自宅の番号をプッシュしながら、昨夜の貴子との会話を心の中で反芻した。

「断ることは絶対にできないってことなの？」

真由が尋ねた。

「これまでの例では、宗教上の理由というのが、一番断りやすいみたい」

確かなことは知らないけど、と付け加えながら、貴子は答えた。

「でも、にわか信者じゃ駄目みたいなんだって。以前からちゃんと信者だったという証明がいるそうなの。それから、効果があるのはドクターストップね。心臓が悪いとか、本人じゃなくても、近親者が死にかかっているとか、逆に近親者が妊娠中とかの場合も、断りやすいらしいという話もあるわ。もっとも……」彼女は、ここでちょっと声をひそめた。「無作為抽出とは言っても、実は先に個人情報が調査されていて、断る理由がないと判断された人だけが召喚されているという話も、実はあるの。多分これは事実だとわたしは思うな」

貴子はそう言うと、ビールのジョッキをまた口もとに運んだ。

貴子は、呼び出し音二回ですぐに電話に出た。

「あ、真由、ちょうどよかったのよ。きのう言った寺原弁護士、あさってからどこかに出張にいくんだって。だから明日しか会う時間はとれないって言うけど、逆にその方がよかったわね。電話番号はね……」
貴子の言う番号をメモしながら、真由の頭にはまた昨夜と同じ問いと同じ困惑が渦を巻いていた。
《どうしてわたしのなのよ。なぜわたしでなくちゃいけないのよ》
一年に死刑執行って何回あるの？　前回はいったいいつだったの？　ニュースで報道したのかしら？　わたしにはその記憶すらはっきりしない。どこかの見ず知らずの犯罪者が死刑台で殺されるからって、わたしにどう関わりがあるの？　自分が生きていくだけで精一杯のわたしの人生に、何の関係があるの？　どうしてわたしが死刑執行人にならなくてはいけないの？

二月二十五日　水曜　夕刻

「寺原総合法律事務所」は、一階が洋菓子店になった小さな雑居ビルの五階にあった。
「寺原はすぐにまいりますので」事務員らしい女性がそう言ってテーブルにお茶をおいて立ち去ってから五分ほど待たされ、寺原義一《てらはらよしかず》弁護士が姿を見せた。

「突然なのに、お時間をいただいて恐縮です」真由はそう言って名刺を差し出す。

「いえ、こちらこそ。山岸さんとは、彼女のところの雑誌に何度か寄稿したのがきっかけで、おつき合いがありますので」

見たところ四十歳代の半ばくらいか、やや恰幅のよい長身を高級そうなスーツでつつんだ寺原弁護士がそう言いながら差し出した名刺には、「東京第三弁護士会所属」とともに、「アメリカ合衆国ワシントン州弁護士」という肩書きも書かれている。アメリカ企業の日本法人の顧問弁護士もしているという話だった。貴子によれば、そういう弁護士が金にならない刑事弁護も手がけているのは珍しいことなのだという。

「例の刑法改正、通称『国民死刑執行法』が出た時に、何度か論文を書いたんです。それで、僕のことを思い出したんでしょう」寺原は真由に対面して椅子に腰を下ろし、手にしていた数冊の雑誌を示した。『現代司法ジャーナル』という素っ気ないデザインの専門誌は、以前、貴子から見せてもらった記憶のあるものだった。彼の論文が掲載されている号だということだろうが、真由にしてみれば法律論などどうでもよい。とにかく、明日の召喚が避けられないとしたら、どうやって執行人に選出されることから免れるのか、それだけが聞きたいのだ。

「会社には、法務省からわたしの召喚通知が届いているらしいのですが、本当のことを知っているのは人事担当者だけで、直接の上司や同僚には、急な私用で年休を消化するとしか言っていないんです。でも、選出されてしまうと、そのまま何日も帰宅できないらしいので、説明がつかなくなるんです」

真由の訴えにうなづきながら寺原が答えた。

「執行人は、基本的には選挙人名簿から無作為抽出された候補者から選定されます。その限りではアメリカの裁判の陪審員選定と似ているといっていいと思います。陪審については、映画などでご覧になったこと、あるでしょう？」

寺原は雑誌のページを無意味にめくりながら続けた。

「選定されてしまうと、おっしゃる通り、法務省が用意した宿泊施設に入れられ、家族などとの連絡も含めて、行動は制限されます。拘束期間中は……あ、拘束っていうのはちょっと語弊がありますね。ホテルみたいなものに缶詰されるっていうようなことです。その間は、自営業者なら一定の基準に従って日当が出ますが、お勤めの場合は、通常通り賃金が支払われ、雇用主に対して補償金が支払われることになります。それで、雇用主には、その人が死刑執行にたずさわったことが伝わってしまうのですね。この点も、この法案に反対する論拠の一つだったんですが、野党の一部が出したプライバシー保護についての小手先の修正案を与党がのんで、通過してしまったんです」

口調から察するところ、寺原弁護士は、この法案の反対者だったらしい。

「あまりお役に立てないのではないかとは思うんですが、執行人選定手続きについて一通りご説明しましょうか」

気休めに過ぎないかもしれないが、まったく予備知識なしに明日に臨むよりは、気持ちだけでも準備のしようがあるかもしれない。召喚された他の大多数も、自分と同じく法律には素人のはずだから、弁護士の話を聞いておくことで、選定を逃れるために少しでも他の候補者よりも有利になるかもしれない。真由は、そんな必死の思いで耳を傾けた。

「実務上、様々な矛盾が想定できるんですが、考え方としては、ある意味で合理的とは言えるんです。だから、弁護士会でもなかなか反対論が一本化できなかった経緯があるんです」

寺原は一通り語り終わると、さらに付け加えた。

「死刑制度は、国民の大多数が支持しているという理由で、その正当性が主張されるのなら、執行を国民自身が行うということは、一番筋が通っていますからね」

第2章　出頭

二月二十六日　木曜　朝

初めての場所にいく時は、早すぎるくらい時間に余裕をもって出かける。小河真由が、そういう習慣を自分自身に課してきたのは、多分他人との関係を意識しすぎる性癖のせいなのだ。これは彼女自身が感づいていることであり、自分でもそんな小心さが嫌でたまらない。きょうも召喚された時間より一時間近くも早く、官庁ばかりが建ち並ぶ都心の一角に着いてしまった。どこかで時間をつぶそうにも、どこの建物も入口に制服の守衛が立哨していて、それだけで近づくことすら怖いという気持ちにさせられる。喫茶店すら見つけるのは困難そうなエリアだ。真由は今上ってきた地下鉄の階段を下りて、地下通路の標識を頼りに、近くのH公園をめざした。この公園は、学生時代に調べものをするために何度か通った図書館がある場所だ。図書館はまだ開いていないだろうが、しばらく公園を散策していれば時間もつぶれるし、気持ちも落ち着けるかもしれない。

地上に上がると、先ほどまで灰色のビル群を眺めていた目に、常緑樹の緑が心地よく飛び込んできた。手近のベンチに腰を下ろして、駅で買った新聞を広げる。

昨夜は遅くまで寝つけず、ようやく訪れた浅い眠りも幾度となく中断された。遅刻してはいけない、という緊張感のせいだけではなかった。胸に何かがのしかかってくるような息苦しさを覚える夢を何度も見たような気もする。そして、六時にかけた目覚まし時計が鳴る音に自分が恐怖を覚えるだろうことを予感し、それが鳴り始める前にベッドを離れ、身支度を始めていた。

眠気はないが、ぼんやりと思考力が鈍っているような感覚が続き、電車の中でも手にした新聞さえ読む気が起きなかった。

ベンチに座って、初めて新聞に目を落としたが、活字が伝える「世の中」の出来事のすべてが、公園の木々の隙間をすかして垣間見る弱々しい冬の日射しのように、現実味を漂白されて頭の中を揺らいで素通りしていった。

真由が、法務省分局の指定された受付に到着したのは午前九時十分前。通称クロカミと呼ばれる召喚状を差し出すと、一分と待たされることなく案内の女性が現れ、長い廊下を通って別館らしき建物に導かれた。前を足早に歩く三十歳前後に見える女性は、「どうぞ」というたったひと言以外には口をきくそぶりさえ見せない。

廊下の片側は、官庁街の表通りに面した本館と、その裏手の別館の間に位置する中庭に接しているのだが、どういう訳か窓一つなく、ひんやりとほの暗い。その先には、幾つかのエレベーターが並んだ小さなホールが待っていた。

そのままエレベーターで十階まで上った。先導していた女性がドアを開けたとたん、垣間見えた室内の予想外の広さに、真由は一瞬たじろいだ。大きく開口したガラス窓からは、東京のど真ん中でありながら、不釣り合いなほど自然が多く残されている広大な空間の一部を望むことができる。そこから差し込んでくる陽光で部屋全体が逆光線の中に置かれ、階調を極端にとばした画像のように、実在感が希釈されていた。

予定時刻より数十分も前だというのに、すでに五～六十人の男女が、室内のそこかしこで思い思いの位置を占めていた。それでも用意されている座席数の、せいぜい四分の一程度に見えた。いったい、どれほどの数の人間が集められているのだろう？

「しばらく待機してください」ここまで導いてきた女性は、そう言い置いて部屋を出ていった。「お待ちください」ではなく「待機してください」という物言いも、真由を気後れさせる。

室内にいた人々は、いっせいに新たな入室者の方に視線を向けた。別に彼女が好奇の対象になった訳ではないが、真由と同様、気後れがない交ぜになった手持ち無沙汰な気分を持て余していた彼らにとって、新たに自分たちの一員に加わった人間を素早く観察することは、このなじみのない環境に適応するための反射的な反応だった。

細長い会議用のテーブルが、学校の授業の時のように、部屋の一方向に向かってずらりと並んでいる。見たところ、年齢も服装も何の統一感もない人々が、互いに可能な限り間に空席を挟むようにして、腰を下ろしたり、窓際に立って所在なげに外を眺めている。真由は、誰にともなく会釈すると、一番手近な椅子を引き寄せ、腰を下ろした。

やがて徐々に人数が増え、ざっと見渡して二百人ほどにもなったのが、午前九時三十分頃。クロカミに指定されていた時刻だ。それを見計らったように、これまで人々が導き入れられていたのとは別のドアが開き、黒っぽいスーツ姿の四十歳前後の男が、室内に入ってきた。中肉中背という感じだが、頬だけがこけているような印象を与える。だがそれは、痩せているせいではなく、頬骨が目立って高いせいのようでもあり、耳の上部がややとがって見えることとあいまって、男にまるで異星人か何かのような不調和な印象を与えていた。真由は即座にこの男に、ミスタースポックという渾名《あだな》を進呈した。

彼は、まず部屋全体を見渡すようにしてから、口を開いた。

「本日はご苦労様です。わたし、法務省刑事局の岩田《いわた》と申します」

少し甲高いせいで、いささか子供じみた声に聞こえる。

「皆さまは、国民の代表として厳粛に正義を執行する目的で、きょうここにお集まりいただいております。初めての経験で戸惑っておられることは、わたしどもも十分に理解しておりますので、過度にご心配いただかないよう、最初にお願いいたしておきます。これから、皆さまの果たす役割や選考方法などについてご説明しますが、すべてのプログラムが終了するのは、明日の午後三時を予定しております。長時間になりますが、厳粛な国民の義務ですので、どうかご辛抱願います。休憩時間は適宜とりますし、昼食と夕食、および軽い夜食もご用意しております。なお、皆さまには今夜はご宿泊願うことになっておりますので、後ほど詳しいことはご説明します」

《運転免許証更新の時の講義みたいだわ》

いかにもしゃべり慣れ、声の抑揚や速度の緩急まで丸暗記しているかのような、岩田の淀みない話を聞きながら真由は思った。ただ全体の雰囲気が異なるのは、やたらに人が多いという一点だった。

「死刑とはそもそも国民の名において、矯正不能な犯罪者を社会防衛のために排除するということでして、きわめて高度な国民の意志というものの実行です。従って、国民自身が直接その執行にたずさわるという我が国の制度は、民主主義の本質に照らしてきわめて理にかなったことです」

岩田の声は、「理にかなった」という部分を強調して一段と甲高いものになり、会場内の反応を見極めるように一呼吸おいてからまた続いた。

「世界的にも、また歴史をひもときましても、死刑の執行が国民自身の手でなされるという画期的なことは、他に類例がないことです」

ミスタースポックは、背筋を伸ばし会場の隅から隅までに目線を一巡させた。

《でも、そうかな、西部劇に出てくるアメリカのリンチなんて、そこらにいる普通の人たちが直接手を下すんじゃない。同じことじゃないのかしら？》

真由は、一目見た時から生まれた岩田という男への嫌悪感も手伝って、彼の言うことに、いちいち頭の中で反論を組み立て始めていた。

《こんな調子の話が、いつまで続くのかしら？　それに、どうしてこうも暖房が効きすぎているの？》

だんだん集中力を失う真由の視線は、自分の周囲の人たちの間を泳ぎ、ひそかに彼らを観察することで退屈と嫌悪感からの逃避を試み始めていた。

二月二十六日　木曜　昼食

えんえんと続くように見えても、そこは役所のこと、ミスタースポックの長広舌も正午五分前にはきちんと終了し、昼食タイムに入った。建物の外に出て勝手に食事することは許されず、全員がぞろぞろと一塊りになって地階の食堂へ誘導された。人数が多いから、エレベーターを何台か待たなければならなかった。

普段は法務省の役人たちが使っていると思われる社員食堂風のカフェテリアが、きょうは召喚された一般人たちばかりの専用になっているようだ。プラスチック製のトレイを持って列を作り、幾つかの選択肢が用意された昼食の中から好きなものを選んで、空いた席を見つけるのだが、慣れていない人も多いのか、トレイを手にうろうろする姿も目につく。

真由はスパゲティーとミニサラダをトレイにのせ、できるだけ隅の席を探して腰を落とした。

「ここ、かまいませんか?」

真由の左隣の席にトレイを置きながら、四十歳前後に見えるサラリーマン風の男性が軽く会釈して声をかけた。

「はい、どうぞ」

《この人、わたしの斜め右前に座っていた人じゃないかしら》

真由は、その男性が、さっき退屈しのぎに観察した聴衆の中でも、目立つほど落ち着きのないしぐさを繰り返していた人物ではないかと思った。カシャカシャとボールペンの頭を鳴らし続け、それが気になり始めるとずっと耳についた。

彼は席に着き、割り箸を割ると中華ランチを口に運び始めた。

「ここは禁煙なんですね。朝からずっとやからつらいな」ランチを半分近く残したまま箸を置いた男は、誰に向かってというのでもない調子でつぶやいた。

《この上、隣で煙草なんか吸われたら、たまったものじゃないわ》

真由はひそかに思ったが、確かにこのままえんえんと明日の午後まで続くとしたら、喫煙者にはつらいかもしれない、とわずかばかり同情もした。

「公共施設の中やから仕方ないんかも知れへんけど、ずっと缶詰状態なんやったら、少しは考えてくれてもよさそうなもんですね」

　男は、今度は明確に真由を相手にして話しかけてきた。真由がどう答えてよいか戸惑った様子を見せると、相手は少しばかりばつが悪そうに、口ごもった。

　相手をまごつかせてしまったことに小さな罪の意識を感じ、真由はこちらから話題を転じた。

「午前中の話、何を言いたいのかぜんぜん分かりませんでしたわ」

「なんか、ごちゃごちゃと小難しいことばっかり並べてましたなぁ、あの岩田とかいうおっさん」男は真由の言葉にわが意を得たりという面もちで勢いづいた。

「あ、失礼。わたし、光野《みつの》といいます。けさ大阪から来たんです。言わんでも、わたしが喋るの聞いたら分かりますわな。お嬢さん、東京の方？」

　お嬢さんなどと呼ばれるのは閉口だな、と思いつつ真由は答えた。

「はい、都内です。大阪からだと大変ですね」

「大変いうたら大変ですけど、全国から集められている訳でしょ？　あそこにいる若い人とさっき話したんやけど、沖縄から来はったそうです。前日から来てホテルに泊まってはったそうですよ」

光野剛《たけし》は、お茶の自動サービス器の前に並んでいる二十歳前後の学生風の男を目で示しながら言った。

「沖縄の方も見えているんですか？」

「何しろ出身地域も職業も経歴もいっさい無差別に選ばれて来てるいう話ですからね」光野は、周囲の人たちをぐるっと眺めるように首を回して続けた。

「しかし、あの岩田のおっさん、肝心の話をなかなかせえへんけど、けっきょくどうやって死刑執行人を選ぶんでっしゃろか？　今、候補者としてここに二百人前後はいてるんやけど、その中から何人選ばれるんやろ？」

「執行人の数は三人だと聞いています。それは法律の条文に書いてあるそうです」

真由は寺原弁護士から聞いた話を受け売りした。

「三人？　たった三人選ぶのに、何でまたこんなに大勢集める必要があるんやろう？　こうやってメシまで食わせ、東京に住んでる人までホテルとって泊まらせる訳でしょ？　わたしの新幹線代も、もちろん自腹な訳ありません。後でちゃんと清算してくれる言うてました。沖縄から来た兄ちゃんにも飛行機代払うてるはずや。そんな無駄に税金使うて、何してるんやろ」

光野の言うことは、確かに真由にも無理ない疑問に思えた。

「そうですね。何だか大袈裟すぎる気はしますね。どうしてこんな大勢集めているのかしら。講義を一通り聞いたあと、一人ずつ呼ばれて口頭で面接があるって聞いてますけど、この人数では、それも大変そう。それに、最終的にはどういう基準で選定されているかは法務省の内規によるってことで、公開されていないんです。だから、何が基準で選ばれるか、実際のところは、よく分からないそうです」

「噂では、幾つか聞いてるんやけどね」光野はプラスチック製の湯飲みから渋茶を一口すると、周囲を気にするように上目遣いに真由を見やりながら話した。

「宗教者、ジャーナリスト、法律家なんかは除外されているそうですね。ジャーナリストを除外してるんは、死刑執行の実態が世間に知られるのを恐れてるからやという説もある。アメリカなどでは、ジャーナリストが執行に立ち会うのは、国民の知る権利を保障するために必要なことやという考え方もあるんやけどね。だいぶ前になるけど、オクラホマ州のビル爆破犯が処刑された時には、処刑を実況放送させへんのは憲法違反やと訴えたメディアまであったん、知ってはりますか？」

光野はポケットを探って煙草を取り出そうとして、禁煙を思い出し、いまいましそうにその手をふたたび湯飲みにやりながら話し続けた。

「わたし、映画配給会社の宣伝部に勤めてましてね。刑務所や死刑を扱った映画を何本か担当したことがあるんです。そやから死刑のことは、多少調べたりしたことがあるんです。正直いうと、その前からけっこうこういうことは好きやったんですわ。数年前にアメリカではちょっとヒットして日本ではぜんぜん興行的にはあかんかったんですが『ラストディナー』という作品がありましてね。アメリカの話やから、日本とは様子が違うと思うんやけど、処刑期日が指定されてから実際に処刑されるまでに、何度も延期が繰り返されるんですよ。弁護士は必死になって処刑をくい止めようと裁判所や知事に働きかけるし、その度に裁判所は延期を命じて法律の条文をひっくり返しては、また処刑を命じる。処刑室には知事とのホットラインが引かれていて、その電話が処刑直前に鳴れば、執行が延期される。そんなことを三回も四回も繰り返したあげくに処刑されるんやから、なまじ延期などする方がよほど残酷やという気がします。死刑囚はベッドにくくりつけられて腕に致死薬注射の針を差し込まれたまま、処刑延期の電話が来るか来ないか待たされている。やっと覚悟を決めたら延期になり、またその一週間後に同じことを繰り返すんやからね。この映画では、最後に死刑囚が弁護士に向かって、もう処刑延期のために、何もせんといてくれと哀願するんです。こりゃ、悪い奴でもかわいそうになりまっせ。そんなんせんと、死刑を宣告したら、中国みたいにそのまんま裏庭に引きずってって、さっさとやってもうたほうが、なんぼかええんとちゃいますか？」

真由は光野と話を始めてしまったことをちょっと後悔した。多分彼も、不安だから誰かと話すことで気を紛らわせたいのだろうと思う。でも、一方的に聞き役に回される方は相手のストレスまで背負わされるみたいで、たまったものではない。

「昼食後は喫煙コーナーが使えるらしいですわ。皆さんあちらにいらっしゃったみたいですね」

光野を露骨に敬遠しているように見えると嫌だな、と思いながら真由は遠慮がちに言ったが、煙草を吸いたくてたまらなかった光野は、そんなことを毛頭気にする様子もなく嬉しそうに席を立つと、外の廊下に設置されている喫煙コーナーの方に向かった。

どうして急に映画の話なんかするのかしら。これから本物の死刑と向き合わなければならない時に、どんな話をされても、しょせん映画では、かえって気持ちは引けてしまうのに、と真由は思った。

彼女も映画は嫌いではないが、光野が話したタイトルは記憶になかった。だが死刑シーンが登場する映画と言えば、幾つか思い出すことはできる。

すぐに思い浮かぶのはスティーブン・キング原作の『グリーンマイル』だろうか。あれはヘンテコな映画だった。話はファンタジー仕立てで、リアリティの乏しいストーリーなのに、処刑シーンの生々しさだけが浮き上がっている気がした。あの映画は、確か山岸貴子と一緒に見に行ったんだった。

「これはアンクル・トムよ」

映画館を出るとすぐに、貴子がこう言ったことを思い出した。

「自分が無実でありながら、処刑を受け入れることで他人を赦すなんて奴隷思想よ。白人の看守をボスと呼び、無実の罪を着せられても逆らうことなく従容と死を受け入れるなんて、最悪のアンクル・トムじゃない。キングにはけっこういい作品もあるけど、これはがっくりだな。まあ映画だけ見て原作を評価するのは違うかもしれないけどね」

貴子は憤懣やるかたないという様子で息巻いていた。真由には彼女に反論するだけの明確な見解もなかったし、とくに弁護するほどの映画だとも思わなかったので、黙って貴子の意見を聞いていた。

所在なくそんなことを思い返していると、今頃になって昨夜寝ていない疲れが自覚され始めた。あまり食欲はなかったが、少量でも昼食をとったことが眠気を呼び起こしてしまったようだ。また長くなりそうな午後のセッションが、耐え難い苦役に思えてきた。

第3章
死刑囚

二月二十日　金曜　呼び出し

三宅茜《みやけあかね》は、その日、朝食が終わるとすぐに保安課からの呼び出しを受けた。警備隊の屈強な刑務官が二名付き添って、Y拘置支所内の長い廊下を何度も曲がり、三宅がこれまで足を踏み入れたことのない管理棟の一角にある総務部のオフィスに連行された。

部屋に入った途端、三宅は嫌な予感におそわれた。そこに総務部長とともに、教育課長の姿を認めたからだ。確定死刑囚である三宅にとって、教育課長という存在は特別の意味をもっている。それは、いつ執行されるか分からない彼らと日常的に接触し、死刑執行を受け入れる「安心立命」の心境に彼らを導く役割を負った担当者だからである。

総務部長は、所長に次ぐ監獄のナンバーツーであり、一介の囚人などが直接顔を合わせることすら珍しい存在だ。その雲上人に呼ばれること自体が異例である上、教育課長が同席していることは、三宅がここに呼ばれた理由が執行と関わりあることを意味している。少なくとも三宅はそう思った。途端に、背中の中心をすっと一筋の汗が流れた。まるで自分自身の分泌物さえ、身体から逃げ出そうとしているかのように、それは得体の知れない異物感の軌跡を描いて這いずり下りた。膝ががくがくと前後左右に震え、一八〇センチに近い三宅のひょろりとした長身が揺れた。

「まあ座れ」

教育課長が三宅にパイプ製の折り畳み椅子をすすめる。この部屋にはもともとこんな粗末な椅子は置かれていない。総務部長の執務机は、それなりに重厚な木製の大きなものだし、革製の高価そうな応接セットも置かれている。三宅のために、わざわざどこかからパイプ椅子が持ち込まれ、彼が身分不相応な応接セットなどに座らなくともよい配慮がされたものと見える。

「三宅茜だね。君はこれからS拘置所に移送されることになりました」

S拘置所と聞いた途端、三宅は顔面を思い切りぶん殴られたようなめまいを感じた。これで決定的だ。S拘置所は、全国に七箇所ある処刑場をもった施設の一つであることを知らない者はいない。

僧籍をもつ教育課長は、死刑囚相手に月に一度、仏教説話を行っていた。三宅は、仏教の各宗派、キリスト教のカソリック、プロテスタントと可能な限りの宗教行事にすすんで出席していたから、課長の聞き取りにくいしわがれ声は耳に慣れていた。

「ここでの生活は、確か十八年近かったね。S拘置所はここより設備が新しいから、居心地は悪くないと思いますよ。しかし環境が変わるから、体調を崩したりしないよう気をひきしめてやりなさい。施設が変わったからと言って、君のなすべき日常のことは何も変わらないんだからね」

教育課長は、ふだん通りの柔らかな物言いを変えない。しかし、三宅はその言葉の背景に移送の真の意味を探ろうと、千倍にも敏感になった耳をそばだてた。それとは裏腹に、耳以外の全身が正常な感覚を喪失し、まるでどこでもない空間に肉体を失って浮いているかのようだった。視野は極端に狭まって、暗闇にスポットライトが当たっているように、目の前の人物は見えているが、周囲はまるで黒一色で、遠近感を喪失していた。

「お前、今幾つになる?」

総務部長が初めて口を開いた。そんなことは身分帳を見ればすぐに分かることだろう。わざわざ一介の囚人を幹部自らが呼び寄せる前に、身分帳に目を通していないとは思えなかった。

「五十二、あ、三になりました」

先月、その月に誕生日のある死刑囚たちが集まる誕生会に出席したことを思い出し、言い直した。自分の年齢を思い出すための小さな努力だけで一瞬めまいがする。

「ほう、そうか。教育課長と大して変わらんじゃないか。ずいぶん若く見えるな」

部長は、本当に感心したように三宅の長身を上から下まであらためて見直した。

「課長も三宅を見習って少しダイエットした方がいいんじゃないかね？」

二人の幹部たちは互いに顔を見合わせて無意味に笑った。その笑いは、三宅のこわばった表情を力づくでほぐそうとでもするかのように短く持続し、その試みに失敗して唐突に途絶えた。

「領置品は、そっくりそのまま運ばせるから心配しなくていい。ここに君を呼んだのは、わたしからもひと言お別れを言いたかったからだ。長い間よく辛抱したね。もう一息、頑張りなさい」

教育課長が、沈黙の気まずさに不器用にあらがった。

もう一息、頑張れとはどういう意味だ？　あと少しで執行だからという意味か？　三宅は自分の呼吸音が耳鳴りのように自分自身の内側に反響するのを聞いた。

「君から何か言いたいことがあれば言いなさい。あまり時間はないが」教育課長が言葉を促した。

「どうして、自分はS拘置所に移されるんですか？　ここに十八年もいたのに、急にどうしてですか？」

三宅は、執行という言葉を口に出すことができなかった。その言葉を口にした途端にそれは現実になる。

「まあ、役所のやることだからね、必ずしもわたしらにも分からないが、一つの施設にそう長くいるのも、あまり良くないということだろう」

囚人に、滅多に笑い顔を見せない総務部長が、わずかばかりだが、また口元をゆがめ、見ようによっては曖昧な笑顔と類似していないこともない表情を見せて言った。そのつくり顔のぎこちなさが、三宅の中でさらに疑惑を増幅させた。

「では、これから房に帰って準備もあるだろうから、これくらいにしよう。くれぐれも元気でやるんだよ」

教育課長がこう引き取って会話をうち切った。

わざわざ呼び出しておいて、たったそれだけか？　こいつら何を隠している？　俺が執行されることを知って、最後にツラを拝んでおこうという好奇心か？　けっきょく、三宅にとって知りたいことは何も伝えられないままに、短い会見は終わった。ただ漠然と、しかし彼の全身がわななくのに十分な具体性と確実性をもった恐怖だけが残された。

ふたたび同じ経路を通って自分の房に戻ると、担当看守の井手《いで》が、扉の前で彼を待ち受けていた。

「三宅、俺も今聞いたばかりだ。S拘置所にいくらしいな。まあ、元気でやれ。せっかく今まで頑張ったんだ。くれぐれも事故のないようにな」

初老と言ってもよい年齢で、まだ舎房担当をしている井手は、高校卒業と同時にこのY拘置支所で看守を拝命して以来、昇進試験も受けず、現場一筋でやって来た。それだけに、二、三年で転勤を繰り返しながら昇進していくキャリア組の幹部とは違った目で囚人たちを見るようになっていた。

「オヤジさん、俺、やられるんでしょうか？」

井手を見た途端、三宅は初めて決定的な言葉を口にした。

「処刑日が決まったんですか？」

「俺には分からん」井手は制帽のひさしに手をやり、目深にかぶり直しながら答えた。

「それは、俺たちには手の届かんところで決まることだ。だが移送になったからと言って、そうとは限らん」

井手はそれ以上何も言わず、房の扉を開け、三宅に入室を促した。

「気をつけーっ、番号！」

三宅をここまで連れてきた警備隊員二名がまだそばにいることを慮《おもんぱか》って、井手は規則通りに号令をかけた。房からの出入りの度にこんな儀式をすることは、井手にとっても面倒なだけのことだ。ことに三宅のように長い間面倒を見てきた囚人に対しては、井手はほとんど身内のような感情を抱いていた。だから彼らに接する態度は、保安課長や区長などのお偉方の目にとまったら、間違いなく咎めだてされるような、形式張らないものだった。

「一〇〇六番、入ります」三宅は、それでも精一杯声を張り上げながら居房に足を踏み入れたが、喉に痰でもからんだように語尾は情けないかすれ声になって消えた。

「急がなくていいからな。ゆっくり荷物をまとめろ」

井手は房の扉を閉めながら、もう一度、三宅に声をかけた。ガチャン、ガチャンと鋼鉄製の扉と鍵とが無遠慮な音をたて、長い回廊に反響する。静寂は、ここでは静謐《せいひつ》を意味するというより、沈黙の強制、支配を意味する。その沈黙を破る特権を享受しているのは、鍵を開け閉めする音響と看守たちの靴音だけである。

二月二十日　金曜　移送

S拘置所が建設された昭和二十三年当時は、五キロほど離れた海岸が夏場に水泳客で賑わう以外は、農家がまばらに点在するだけの地域だった。だが、元来が港町で交易の中心だったS市は、この地方を代表する商都として急速な人口の膨張と都市化が進行し、市の中心からクルマで三十分しかかからないS拘置所は、今ではすっかり住宅地に囲まれる恰好になっていた。ただ、拘置所の正門方向にあたる東側だけは例外で、県内を縦断する一級河川のS川に面しているため、高い堤と広い河原が開け、市民の散歩コース、近隣の学校の運動選手たちのランニングコースになっている。

周辺の宅地化がいくら進んでも、塀の内側は半世紀近くも変化らしい変化がなかった。だが五年半ほど前から開始された大規模な増改築工事によって、所内の至る所に徐々に変化が見え始めた。

収容されている被告人や受刑者の面会に訪れる家族や友人、あるいは弁護士たちにとって、それは面会待合室が広く小綺麗になり、分煙のための設備が設置されたり、銀行の窓口のような受付番号札をとるシステムが取り入れられたりという、小さな変化の積み重ねとして進行した。変化が外部からもはっきりと認識できるようになったのは、工事が最終段階にさしかかった二年ほど前からである。

S市の中心部から郊外へ伸びる私鉄電車は、S拘置所の南側数キロの位置で、S川の上を越える高架となっている。ここを毎日通過する数万人の通勤客は、マンションや住宅に囲まれ、やや目立つ程度に大きな建物としか見えなかった施設が、いつの間にかあたりを制圧するように屹立する建造物に変化していることに驚かされた。ことに屋上に設置された大きな円盤形のヘリポートは、建物の容貌に魁偉な印象を加えていた。

しかし、本当の変化は、もっと目につかない場所で進行していた。拘置所の地下に、実験的と言えるほどに最新鋭の設備を備えた新たな施設が建設されていたのである。

三宅茜を乗せY拘置支所から出発したマイクロバスは、窓のカーテンをすべて下ろし、外部から中をうかがうことはできない。しかし、窓側の座席に座らされた三宅が、カーテンに顔をくっつけるようにしてわずかな隙間から外界をのぞき見ることは大目に見られた。

S拘置所のあるS市まで、クルマで約三時間余りのドライブは、三宅にとって十四年ぶりに見る娑婆の光景だった。起訴されてから一審判決が出るまでに三年。その死刑判決を量刑不当として控訴したが、その後一年で控訴棄却。そして三年で上告も棄却され、死刑が確定した。その後も引き続きY拘置支所に勾留されて、十一年が経過していた。最高裁での上告審は、原則として法廷が開かれず、被告人の出廷もないから、最後に外へ出たのは控訴審判決を聞くために出廷した十四年前のことになる。

「電車がなくなったんですね」

S市の市街地にクルマが入った時、三宅は隣の看守に聞いた。

「そりゃ、大昔の話だ」

護送担当の中年の看守が笑った。S市が路面電車を廃止し地下鉄が開通してから、すでに十年以上経っていた。

道を歩いている人たち、自転車で通る中学生、クルマを運転している若い女性……彼らにとっては、ごく当たり前で平凡な生活の断面に過ぎない。だが、道を歩いて近くの小さな店で何かを買い物すること、自転車に乗って軽々と走り去ること、クルマを運転して好きな場所にいつでもいけること、色とりどりの好き勝手な服装でいられること、それは今の三宅にとっては、遠い夢のようなことだ。

束の間に覗いた夢の光景も、マイクロバスがS川の堤に沿った県道からS拘置所の裏門へ続く脇道にそれ、拘置所の敷地にすべり込んだ瞬間、あえなく終焉を迎えた。

前手錠に腰縄をうたれて移送バスから降り立った三宅の前には、ところどころにほんのわずかに緑を帯びた赤茶けた粘土質の前庭と、巨大な灰色の建造物の塊だけが待ちかまえていた。

二月二十一日　土曜　新入者の朝

北に向かって一列に並んだ廊下側の窓は、まだうすぼんやりと陽光の兆しを映しているだけで、日射しの及ばないコンクリートむき出しの廊下は、ただひたすらまっすぐに、黒々と横たわっている。

光線次第ではグレーに見えることもある、曖昧な薄緑色に塗られた二十五個の扉からは、その内側の人の気配をうかがわせるものは、小さな物音一つ聞こえてこない。

すでに目を覚ましている者はいる。だが、このたとえようもなく貴重な朝の静寂を、あえて損なおうとする者は一人もいない。

誰にも煩わされることなく、自分の頭に次々と去来する想念とだけ戯れていることができるのは、目覚めから起床までの、まどろみと区別のないわずかな時間だけだからである。

十二月から三月いっぱいまでは、起床時間は通常より三十分繰り下がって、午前六時三十分となる。六時ではまだ真っ暗なことに加えて、寒さがあまりに厳しいことも理由の一つだろう。余分に布団の中にいることのできる朝の三十分間は、数少ないこの季節の恩恵である。

就寝時間は一年を通じて夜九時。この時刻になると、房内の電灯が赤く小さな終夜灯に切り替わり、否応なく眠りにつかなければならない。布団を敷いて横になることが許されるのは、冬期には起床と逆に三十分早くなって、夕方六時半である。これを臥床《がしょう》と呼んでいる。五時までには夕食が終わり、一時間少々経つと、「ガショオーッ」という看守の号令で、毛布と見まがうペラペラの布団を敷いて潜り込む。

火の気というものが何ひとつない場所で終日を過ごした身体は、心底冷えきっている。薄い布団が体温をいくらかずつでも内側に蓄えてくれ、人心地つくまでには、二時間かかる。それを少しでも短縮するために、臥床時間前に、看守の目を盗んでひそかに腕立て伏せや手足の摩擦で身体を暖めておいても、横になった途端、せんべい布団を通して背中に当たる床板の感触が、ゾクッとくるほどの寒気を伝えてきてしまう。

午後九時までの間は、各舎房内に設置されたスピーカーからラジオ番組が流され、布団の中で本を読んでいることもできるし、雑居房なら小声の雑談程度のことは大目に見られている。ただし、本格的な冬場になると、本を読むためにうつぶせになり、両手を布団から外に出しておくことは、かなり苦痛である。その姿勢では、肩口から冷気が容赦なく侵入して足先にまで及ぶことを防ぎようがないし、本を支えている両手も、すぐにかじかんでしまうからである。

だから布団の中で手足をこすり合わせ、ようやく温かさが生まれてきたら、そのままじっとしているのが最善ということに落ち着く。寒さという拘束衣を着せられているようなもので、じっと天井を見上げてラジオを聴くしかすることがない。番組がつまらなければ、自然に早い時間から寝入ってしまうこともある。

その反動が、早すぎる目覚めとなる。そんな時、頭が妙に冴えかえり、想いは自分自身の制御をはるかに超えて、様々に跳梁する。

一つの感覚が失われた時、他の感覚が通常以上に鋭く砥ぎすまされるように、行動の自由を奪われた時、空想の能力の活動は異常なほど活発になる。

薄ぼんやりとした終夜灯の底に淀んだ空間の中で、誰も気づかなかった物理学上の発見、哲学や宗教の本質に到達する考察から、今度は絶対につかまらない完全無欠な犯罪計画、誰も気づかなかった成功間違いのない新規事業計画、損をするはずのないバクチのはり方、女の騙し方にいたるまで、偉大で究極的な真理が生まれては、灰色の天井をスクリーンにして次々と映し出される。

しかし、これらすべての天才的夢想は、あと数分で終わる。そのことを予告するのは、幾人かの足音が入り交じり、鉄とコンクリートによって増幅された反響音である。その響きは、もう廊下の向こうから少しずつ近づき、たわいのない夢想の一つずつを、丹念に破壊し始めている。

やがて、各房に取り付けられた小さなスピーカーから、腹立たしいほど賑やかで明るいメロディーをバックに、録音された女性の声が起床時間を告げ始め、S拘置所の一日が始まる。

「皆さん、おはようございます。きょうも一日、明るく前向きに、職員の指示をよく守り、事故のない一日を過ごしましょう」

研修をかねてボランティアで録音した地方ラジオ局のこの新人アナウンサーは、「事故」という言葉が刑務所や拘置所で何を意味しているのか、考えてみることさえできないだろう。

それは「職員の指示をよく守」らず、懲罰にかけられることを意味する。

緑色の扉の内側は、あわただしく布団を上げる音、トイレの水洗を流す音、床板の上に直に敷かれた荒い目のゴザの上を走る箒木の音などで、やはり多くの人間がそこに居たことをやっきになって実証し始める。

やがて廊下の端に整列した舎房担当の看守たちの中から、「点検ヨオーイ」と号令がかかる。

「一房、一名、番号！」

「八七一番」

「二房、一名、番号！」

「六五三番」

「三房、一名、番号！」

「二三五番」

担当看守が、房ごとに名簿と照らし合わせながら点呼を行っていく。囚人は廊下側の窓に向かって正座し、自分に与えられている称呼番号を叫ぶ。

ここ六舎と呼ばれる区画は、すべて独房である。従って、各房には一名しかいないのが通常である。しかし、時として二名を一つの独房に収容してしまうことがある。トイレと流しのスペースをのぞくと二畳分ほどの広さしかない一室に、大の男が二名も押し込められれば、当然苦情も出てくる。だから、そんな処置がとられるとすれば、よほど「事故」が多くて、雑居房から独房へ回されて来る人間が集中した時に限られる。もしも空房があるにもかかわらず二名収容の房が設けられるとすれば、それは隣を必ず空房にしておかなければならない特別な人物がいることを意味する。

「二十房、二名、番号！」

「三七八番」

「三二二番」

……

「二十四房、空房」

「二十五房、一名、番号！」

「四〇〇六番」

「以上総員二十五名、異常なし」

各独房は、南側が拘置所の中庭に面し、北側が廊下に面して、東西にほぼまっすぐ並ぶ恰好になっている。最も西の端に位置する第二十五房に、きのう移送されてきた三宅茜が収容されていた。四〇〇六番とは、S拘置所で三宅に与えられた新しい称呼番号だった。頭に四がつく四桁の番号が、確定死刑囚を意味する。ここ六舎では、死刑囚は三宅のみ。他はすべてが懲役囚だった。

拘置所は、被告人として裁判を受けている人間が勾留される施設であり、確定した刑に服するための場である刑務所とは異なる。だが死刑囚は、刑が確定しても、拘置所に拘置される。死刑囚にとって、刑に服するとは、すなわち死刑執行しかありえないから、それまでは未決囚と同じ扱いを受ける建前になっているからである。

また拘置所には、刑の確定した懲役囚も一定数いる。数百人から、所によっては千人を超す囚人が暮らす施設を維持するためには、それなりの労働力が必要とされる。施設の管理業務は、むろん刑務官たちの仕事だが、囚人のための食事の調理や洗濯、建物の保守や修理、清掃その他の雑務は、懲役労働として囚人たちに課せられている。そうした確定囚たちが、この六舎に集められている。三宅がここに収容されたのは、死刑囚だけを集めた特別ユニットへの収容の前に、しばらく緩衝期間をおくためであろう。要するに、三宅はここでしばらく様子を観察され、これからの処遇を決定されるのだ。

「おはようっす」

いつの間にか、三宅の房の前には一人の背の低い懲役囚が立っていた。彼は六舎担当の雑役夫。独居房に収容されている囚人のために、食事を配ったり、洗濯物を集めたり、担当看守のアシスタントとして雑務をこなすことが、彼の懲役労働だ。

「お茶の配当です。薬缶《やかん》出してください」男はそう言って大きめの漏斗《じょうご》のようなブリキ製の容器の口を、小さな窓の格子の間から差し込んだ。監獄でしかお目にかからないし、また監獄以外で使い道があるとも思えない奇妙な道具だ。おそらく製造も監獄内で行われているのだろう。

男はまだ三十歳代だろうが、眉が薄く、両眼が落ちくぼんで、お世辞にも人相がよいとは言えない。長谷部と書かれたプラスチック製の名札が、灰色の囚衣の左胸にぶら下げられている。

三宅が薬缶を窓に近づけると、長谷部潔《はせべきよし》は一瞬好奇心を隠しきれずに三宅の顔をしげしげと眺め、それから黙ってお茶を注ぐと、せわしげに次の房へと移っていった。

《死刑囚が珍しいか、馬鹿野郎》

三宅は胸の中で毒づいた。

長谷部は次々とお茶を配って小走りに移動していく。朝は、最も多忙な時間だ。六舎の懲役囚たちは、平日なら朝食を終えるとすぐ拘置所内の工場や作業場に出役していく。各工場から看守たちが彼らを迎えにやって来るまでに朝食を配り、自分も最後に飯と味噌汁をかきこみ、残飯と汚れた食器を回収して回らなければならない。要領のよさが身上の雑役夫としても、朝の時間帯はことにその手腕が問われるのである。土曜のきょうは刑務作業のない免業日だから、気分的には多少楽とはいえ、定められた時間内に作業を終えるには、それなりにルーチンワークへの熟練が要求される。

懲役六回目で、ここ最近三回はつねに雑役夫を勤めてきた長谷部は、百六十センチに少し足りないほどの小柄ながら、三十代半ばにしては、よくひきしまった体躯をしている。ヤクザと違って、その身体はきれいなまま、墨は入っていない。

「長谷部さん。田村《たむら》さんは、もう出たんですか?」

十九房の加藤《かとう》が、薬缶に顔を隠すようにして唇をとがらせながら尋ねた。まるで薬缶が自分と長谷部との私語を看守から隠してくれると信じてでもいるかのようだ。

「田村なら、おとつい満期房に移ったから、けさが出所だろう。もう今頃は沙婆の空気を吸ってんじゃないかな」

この程度の雑談には、看守も鷹揚《おうよう》なことを知っている長谷部は、加藤の大仰なそぶりがおかしかったが、彼にあわせて小声で答えた。

「ふーっ、もう沙婆かぁ」加藤は薬缶に頬をぺったりとくっつけて嘆息した。身体も顔も丸っこい加藤がそうすると、まるで薬缶が二つ並んでいるように見える。

「きょうは朝からギンシャリ食って、夜はオマンコだな。ギンシャリとオマンコ、ギンシャリとオマンコ。ええなぁ。沙婆は、ギンシャリとオマンコやなぁ」

長谷部と一緒に三年半ほど雑役夫をしていた田村満男《みつお》には、出所を出迎えてくれる家族はいない。満期出所だから、保護観察所に出頭する義務もないし、出頭する気もないだろう。服役期間中の労働への報酬として与えられた賞与金しか持っていないから、所持金はせいぜい四~五万円程度。それでギンシャリとオマンコにありついたとしたら、その翌日から刑務所にUターンする道をいく以外に選択肢があるとは思えなかった。まあせいぜい一日でも、無事にギンシャリとオマンコにありつけることを願ってやるだけだな、と長谷部は思った。

「ハセやん、二十五房は、やっぱりあれかい?」

長谷部が、お茶を五房に入れようとした途端、この房の住人、杉本孝行《すぎもとたかゆき》が問いかけてきた。これには、長谷部もぎくっとして反射的に背後の担当看守の気配を探った。杉本が言っているのが、看守たちをきのうからピリピリさせている二十五房の新しい住人の話題だと分かったからである。

「うん」と長谷部は真顔で小さくうなずいた。

「大丈夫。担当は加藤に小言を言ってるよ」

杉本は笑いながら言った。確かに舎房担当看守は、止まらなくなってしまったらしい加藤の「ギンシャリ、オマンコ」を、からかい半分に咎めだてしている様子だ。

「あぁ、ハゲタンは何も言わないけど、そこがかえって怪しい。多分そうだろう。そろそろあってもおかしくない頃だし」

長谷部は急いでそう言うと、これ以上この話題はご免だと言うように次の房へ急いだ。

杉本だけではない。六舎のすべての懲役たちが、二十五房に入った人物が何者であるのか薄々と感づき、そしてそれを確かめたがっていた。

長谷部の後ろから、六舎の担当看守、山際正平《やまぎわしょうへい》が、味噌汁の入ったドラム缶のような容器をのせた台車をころがして回ってくる。同量ずつの味噌汁をプラスチックの碗に注ぎ分け、ほんのわずかとはいえ、中に入った若布《わかめ》や薄揚げなどの具も平等に配るには、それなりの熟練を要する。また、看守が配れば苦情が出にくい。これを同じ囚人がやると、必ず誰かから不平が出る。また実際、雑役夫の中には飯やおかずを配る際に依怙贔屓《えこひいき》をする人間もいた。

山際は、四十歳代後半ながらすでに頭はすっかり薄くなっていたが、いつも制帽をかぶっているおかげで人には知られていないと思っていた。だが要領のよさとはしこさで鳴らした常習窃盗犯の長谷部潔は、ハゲの担当を縮めて、山際をハゲタンと陰で呼んでいた。

長谷部は、お茶を配り終わると、今度はハゲタンのあとについてプラスチックのどんぶりに入った麦飯を配って歩く。こちらは最初から規定量を計ってあるから、誰が配っても不公平になる心配はない。

六舎唯一の死刑囚である三宅の小さな特権は、最も西側の端の独房に収容されたことだ。つまり、一番最初に味噌汁やお茶が配られるから、冬場でも、まだいささかは温もりが残った食事にありつけるということだ。

三宅は、味噌汁を一口すすり、麦飯に箸を立てた。S拘置所で初めての朝食だ。場所が変わり、味付けも変わったという理由だけで、何だか少し美味く思えた。これから何回この飯を食うことになるのか？　確かなことは、三宅がS拘置所以外の飯を食う機会は二度と訪れないだろうということだった。

第4章 選考

二月二十六日　木曜　午後

昼食を終えて午後のセッションが開始されたのは、一時四十五分。昼休みが長目にとってあるのは、やはり聴講者のストレスがそれだけ大きなものだと、少しは配慮してくれているのかもしれない。

小河真由は、光野剛を少しばかり煙たく感じていたが、午前中に座った席にそのまま筆記用具などを置きっぱなしにしたせいで、また彼のすぐ斜め後ろに座ることになった。

各自に配布されたレジュメに示されたカリキュラムによれば、午後は死刑制度についての一般論から、いよいよ今回の具体的な死刑執行対象となる事件および被執行者の犯罪内容についてのレクチャに移ることになっていた。

事件は、今から十八年以上前、平正二年十二月十日に起きた。首都圏に隣接するR県の小都市で、酒屋の店舗を兼ねた民家から午前二時頃出火。木造の古い二階家はたちまち全焼し、翌朝から行われた現場検証で、店主の中井《なかい》彰三《しょうぞう》（五十六歳）、その妻晴代《はるよ》（五十一歳）と二十七歳になる娘の朝子《ともこ》の三名が焼死体で発見された。店舗部分の焼け跡から見つかった手提げ金庫にこじ開けたような形跡があり、中にあったはずの現金が消えていたことから、強盗放火殺人の疑いがかかった。

事件から二週間経ち、年の瀬も押し迫った頃、当時三十四歳の三宅茜という男が容疑者として逮捕された。三宅は、以前から中井朝子に対してストーカーまがいの行為を繰り返していたとされる。事件当日も、午後九時過ぎに無理やり被害者宅に上がり込み、一時間近く居座って口論となったことを逆恨みし、深夜にふたたび侵入して三名を殺害したあと、金を奪い、石油ストーブを倒して放火し、逃走した。

「九時過ぎに中井さんの家から派手な怒鳴り声が聞こえてきて、何事かと聞き耳をたてたほどなんです」という隣家の住人の証言があり、また別の住人が午後十時前後に中井酒店の通用口から飛び出してくる三宅らしき人物を目撃していた。彼は、日頃から被害者宅や朝子の勤め先である保育園の近隣をうろついているところを何度か目撃されており、捜査線上に浮かぶのは早かった。三宅は、少年時の傷害や恐喝以外にも、覚醒剤および傷害と強盗で三度の服役経験があり、仮釈放中に起こした事件でもあった。

彼は、事件から二週間後に逃走先のF県F市で逮捕された。F市は三宅の生まれた町だったが、十七歳で地元のヤクザといざこざを起こして逃げ出して以来、ただの一度も帰郷したことはなかった。実に十数年ぶりに故郷に逃げ帰っても、家族はすでに他県に移り住み、わずかな知人の行方さえ分からなくなっており、町もすっかり様変わりしていた。第一、三宅自身の記憶も薄れていて、まるで異郷だった。にもかかわらず何が彼をこの町に招き寄せたのか、逃亡を幇助した者がいるのではないかと疑った警察に、さんざん聞かれたが、三宅の口から明確な答えは出なかった。

国選弁護人は、覚醒剤使用による心神耗弱および犯行が突発的なもので計画性がないことを主張したが、判決は求刑通り死刑だった。控訴審も最高裁もこの判決を維持し、平正十年に死刑が確定した。

事件内容の説明に入ってから、講師はミスタースポックこと岩田から、彼より年長に見える佐々木という小太りの男に替わっていた。話し方は岩田よりも落ち着いて穏やかだったが、話の内容は、法律や制度の説明とうって変わって、急に生々しいものになっていった。

逮捕から裁判までの経緯を伝えるテレビニュースを編集したビデオを見せられ、プロジェクタで当時の新聞や雑誌の記事や資料が映し出された。画面の切り換えにモザイク模様やフェードイン・アウトなど、無意味なエフェクトが多用されていて、真由にはなじみの深い、ビジネスプレゼンテーション用のソフトウェアを使っていることはすぐに分かった。ふだん新製品の企画プレゼンテーションや投資家向け広報などの資料づくりに使い慣れているソフトが、こんな場面で使われていることが、何か奇妙に感じられた。

事件当時、まだ小学校三年か四年生くらいだったはずの真由には、むろん事件の記憶はなかった。だが当時は、それなりに世間で騒がれた事件だったらしい。当初、犯人と被害者の若い女性との関係について、あれこれと憶測を交えた報道が繰り返され、マスコミ倫理の観点からも問題視された事件だった。

光野剛は、相変わらずボールペンの頭をカシャカシャと落ち着きなく鳴らしながら、顔つきだけはしかつめらしく話を聞いていた。

時々露骨にため息をついたり、口辺に薄笑いが見え隠れしたり、逆に目に怒りの気色が浮かぶこともあった。だがそれが、講師の話そのものへの意思表示なのか、語られている犯罪や犯罪者に対する嫌悪や嘆息なのか判然としなかった。

二月二十六日　木曜　夜

「二十三番の方、十番の面接室へ、お入りください」

小河真由は、手にしたカードの番号にちらと目をやり、ようやく呼ばれたのが自分であることを確かめ、ソファから立ち上がった。壁の掛け時計は、午後九時にさしかかりつつあったが、順番を待っている者は、同じ待合室だけでもまだ四名ほどいた。レクチャが終了したのは午後五時半だったが、個人面接が開始されたのは午後七時に近かった。朝からぶっ続けのレクチャのあとだし、夕食も個人面接の待ち時間の合間にあわただしくとらされ、いい加減神経がまいっていた。皆は、一様に黙りこくって、雑誌のページをめくったり、隅に置かれたテレビの画面を観るともなく眺めている。互いに立ち入った話は控えて欲しい、と釘をさされていなかったとしても、見知らぬ同士、会話の糸口もないまま淀んだ時間を持て余していた。

真由が呼ばれた十番面接室には、三十歳代半ばくらいの男が待っていた。

やや明るい紺のスーツと、派手すぎないオレンジ系のシャツに趣味のよいオリーブ色のネクタイをした男は、にこやかに真由に椅子をすすめた。

意外と感じのいい男ね、と思うと同時に、今の会社に勤める前にしばらく働いていた英会話スクールを思い出した。このスクールでは、若い女性の生徒には、できるだけ若いハンサムな講師を割り当て、反対に男性の生徒は、若い女性講師に担当させていた。こうすると生徒の定着率が上がるのだ、とマネージャは得意気に語ったが、実は、チェーン店方式のスクールの経営指導マニュアルにちゃんと書かれているセオリーであることを、真由は知っていた。

《ちょっとくらい、いい男だからといって、英会話教室のマニュアル程度の戦術でたぶらかされて、唯々諾々と「国民執行員」なんかにさせられたりはしないわ》

真由は、もう一度気持ちを立て直した。きょうのレクチャの中で、死刑執行人ではなく、国民執行員というのだと教えられていた。

「小河真由さん。二十七歳。ご住所は東京都杉並区南高園寺。お勤め先は、渋谷区神北のマイクロ・エレクトロニクス本社、ということでよろしいですか？」

男の口調は、あくまでも丁寧だが、聞いてくる内容は、いきなり尋問めいている。

「はい、そうです」

「これにお書きいただいたことは、すべて間違いありませんね」

男は、レクチャの最後に全員に配布され、回答を書き込まされた質問用紙を示しながら、重ねて聞いた。「すべて」というひと言がやけに強く響いたように感じたのは、真由の思い過ごしだったろうか？

　質問用紙に書かされた内容は、微に入り細をうがったものだった。レクチャ終了から個人面接開始までに時間がかかったのは、全員がこの質問用紙に回答を書き込むのに、思った以上に時間がかかってしまったせいもある。

　氏名・生年月日・年齢・性別・職業など、通り一遍の記載ですむものばかりではなかった。職業一つとっても、「会社員」だけではすまず、業務内容や会社の規模、自分自身の仕事内容なども、細かく書かされた。さらに現在だけでなく、過去の職歴についても詳細な記載欄が用意されていた。

　好きな本、映画、テレビ番組、著名人、購読新聞・雑誌……反対に、嫌いな本、映画、テレビ番組、著名人……。健康状態、過去の病歴、障害の有無。刑事あるいは民事訴訟の当事者となった経験の有無、逮捕歴、罰金刑以上の刑罰を受けたことがあるか、あるとすればその内容、既婚か未婚か、離婚歴は……。

　一番嫌だったのは、自分だけでなく、両親や兄弟姉妹を始めとする家族、友人、会社の同僚などについても、多くの質問項目が並んでいたことだ。まるで、密告でもさせられているような気分に陥る。しかも、この質問用紙に「虚偽の事実」を記載した場合は、五十万円以下の罰金もしくは六カ月以下の懲役という刑事罰まで規定されていた。

どこまでが嘘で、どこまでが記憶違いなのか、微妙な問題もある。あとから勘違いが分かったら「虚偽記載」ということになるのだろうか？

「一応、手順なもので、重要な点だけ幾つか再確認させていただきます。すみませんね、お疲れのところ」

せっかく付け加えたねぎらいのひと言も、相手を気遣っての発言というより、これも手順の一つとでもいうような、おざなりな口調に聞こえた。

「ご親戚や親しい知り合いの中に、犯罪の被害にあって亡くなった方はおられませんね？」

「いません」

「あなたは死刑制度反対論者ですか？」

「反対も賛成も、あまり深く考えたことありません」

「三宅茜という死刑囚が起こした事件の関係者と、何らかのつながりはありませんね」

「R県で起きたことですよね。R県には知人も親戚もいません」

真由にとって答えにくい質問は、まだなかった。だが、こうして抵抗なくすらすら答えてしまうことが、どういう結果を導く方向に進むのか、真由は心の底で不安を募らせた。せっかく寺原弁護士から仕入れておいた予備知識も、いざとなると役に立ちそうにない。弁護士といっても、執行員選定の詳しい実態を知っている訳ではないし、それを責める訳にもいかない。

「あなたは、被害者の中井朝子さんが亡くなったのと同じお年齢《とし》ですね。同世代の女性として、加害者をどう思われますか?」

男は(彼はけっきょく最後まで名乗らなかったので、こう呼び続けるしかない)机の上の書類に目を落としたまま尋ね、それから上目遣いに真由の答えを待った。

「どうって言われても。ひどいとは思いますが、それ以上は……何と言ってよいか」

「分かりませんよね」と男が自分で引き取った。

「普通の感覚では理解の及ばない行為ですからね。F市の中学を一応は卒業して就職したけれど、一カ月ともたずに退職し、地元のゴロツキ仲間と恐喝や窃盗を重ねていた。ヤクザ者とトラブって町にいられなくなり、その後も住居や職業を転々としながら犯罪を重ねてきただけの人生ですよ。人を三人も殺しておいて、盗って逃げた金はたかだか二十万ちょっと」

男はここでため息をついた。

「矯正の余地はない、と裁判官が判断したのですから、できるだけ早く刑を執行することが国民の務めだと思いませんか？」

この質問あたりが分かれ道かな、と真由は思った。ここで、できるだけ曖昧な返事をした方がよいのかもしれない。

「ですが、どんな犯罪者でも、やはり人の生命を奪うことには躊躇を感じるのが普通だと思います。犯人を殺したら、亡くなった方が生き返ると言うのなら別ですが」

「確かに。でも、殺されたのはあなたと同じ年の娘さんとその両親ですよ。あなたのご両親はご健在ですか？」

「はい。二人とも五十歳過ぎですから、まだ元気です」

「ご両親が惨殺されたとしたら、どう思いますか？　犯人がのうのうと生き続けてよいと思いますか？」

「それなら」と真由はうつむき加減だった顔をまっすぐ男に向け直した。

「なぜ、遺族に執行をさせないのですか？」

執行員になるのを避けるための優柔不断な答えを意図してではなく、この瞬間、本物の憤りが彼女の口調を固くした。この疑問は、レクチャを聞いている途中からずっと真由の心にわだかまっていたものだった。関係ないわたしたちではなく、遺族が犯人を処刑すればよいではないか。

男は、ちょっと間をおいてから答えた。

「そうしたいと言われるご遺族もいます。しかしね、それを望まれない方もいるんですよ。殺したい、殺したくないという個人の感情に左右されて、遺族が執行する場合と、そうでない場合が出るのは困るんです」

《困るって、いったい誰が困るんだろう?》

朝からの疲れのせいもあるのだろう。頭が整理できない。もやもやとした感情の濃霧だけが胸から立ち上り、苛立ちが募った。

「遺族が赦す、という人は処刑しなければいいでしょう?」

男の顔からゆとりの表情が消え、真由の苛立ちと相似形の何かが浮かび上がってきた。

「赦す、というのは違います」口調にも一瞬非難めいた無遠慮さが加わった。

「直接手を下す行為そのものには、ためらいもあるでしょうが、殺したいという気持ちがないとか、まして赦すなどということとは違います」

「殺したいけど、自分では嫌、他人に殺させようなんて……」真由は「卑怯」という言葉を口にしかけて、かろうじて呑み込んだ。

そのまま言葉に詰まった真由を前にして、男もしばらく沈黙を保った。

その沈黙は、むしろ真由にとって耐えられないものだった。彼女は同じことを繰り返して言った。

「遺族が殺すのなら、まだ理にかなっていると思います。昔は仇討ちだってあった訳でしょう？　そうすればいいじゃないですか。いずれにしても、関係ないわたしたちに、なぜそんなことをさせようとするんです？」

「関係ない……ですか？」男の口調には、感情をコントロールする冷静さが戻って来た。「あなたは自分が執行員に選ばれそうになった途端にそんなことをおっしゃる。だが、従来も誰かが死刑を執行してきたことをご存じなかったんですか？　この国には死刑制度があり、処刑が行われているということを、国民の一人であり、読み書きができて、新聞も読めればテレビも見れるあなたが知らなかったとおっしゃるんでしょうか？　いったい誰が死刑執行をしてきたかご存じですか？」

「知りません、そんなこと」

「そんなこと……ですか」男は、のけぞるように椅子の背に身体をもたせかける、芝居じみた動作とともに言った。

「確かに、そんなこと知らずに生活されてきたんでしょう。知らずにすんだこと自体、誰かがその仕事を黙って引き受けてきたからではないですか？」

真由が黙り込んだことで、饒舌を誘発されたかのように男はたたみかけた。

「死刑は殺人と同じだという人がいます。それは違います。殺人とは人が人を殺すことです。死刑は、国家が人を殺すんです。国家とは法が支配することです。死刑とは、法による支配をやり遂げることです。それは逆に言えば、法を侵害すれば、その人間は法の保護から排除されるということです。そして究極的には、存在することを許されない。そうであってこそ、法による支配は最終的に守られる。そして、法による支配があるからこそ、あなたも、あなたの家族や愛する人も、安全に生活できているとすれば、法の支配を維持する義務は、すべての人が平等に負うべきではないでしょうか？　いや、これは義務というより、国民の権利です。法の支配を守ることで、自分自身や家族を守るという権利の行使です。だからこそ、国民すべてが等しく参加する機会を与えられるべきなのです」

男はさらに続けた。

「法の支配を守る行為は、個人としての誰かが行うものではありません。それを行うのは、国民です。死刑を執行する人は、個人であって、個人ではない普遍的な国民なのです。遺族が処刑するとなれば、それはあくまでも個人による復讐になってしまいます。それを許すことは、法の支配と相容れません」

真由が黙り込んだのと対照的に、男はさらに雄弁になっていった。

「さっき、仇討ちとおっしゃいましたが、仇討ちの権利なんて存在した例《ためし》はありません。それは、封建社会の武士階級にとっては義務だったんです。親の仇をとらなければ、家名は断絶です。個人の感情など考慮される余地はありません。テレビや雑誌で、したり顔で仇討ち復活などと言っている知識人がいますが、こういう封建制度と個人の復讐感情を混同するなんて、およそ阿呆としか言いようがない」

真由には、仇討ち復活なんてマンガみたいなことを主張している知識人が本当に存在しているのか、単なる仮定の話なのかさえ分からない。

男が喋れば喋るほど、真由の気持ちは頑なに閉ざされていった。いったい、この男はわたしをどうしようというのだろう？　執行員になるように、理詰めで説得しようとしているのかしら？　それなら逆効果だ。真由は理詰めで責めてくるような相手には、ますます反撥を強くするだけだった。

それとも面接なんて形だけで、わたしに説教して自己満足しているのかもしれない。こんな面接で何が分かるというのだろう？　きっと執行員は、どこかでもっと偉い人たちが勝手に選ぶか、クジ引きでもしているのかもしれない。だったら、こんな茶番はさっさと終わりにして欲しい。今夜はどうせ自宅には戻してもらえないのなら、せめて少しでも早くホテルにチェックインして、シャワーを浴びてベッドに潜り込みたかった。

真由は、もうこれ以上ひと言も口をきくまいと決心した。そんな態度に出ることがどんな結果になるのか、あれこれ心配するのも、もうたくさんだ。

下を向いてしまった真由を前にして、男は彼女の反撥や動揺もすべて織り込み済みとでも言いたげに、落ち着きを取り戻していた。彼は真由を観察し続け、真由は男の表情を読むことができなかった。しばらくの沈黙は、男にとっては間合いを読むためのもの。真由にとっては永遠に続くかもしれない従属の時間として経過した。

《わたしを反撥させることが目的なのかもしれない。自棄にさせ、気持ちの隙をついてこちらをコントロールしようとしているのかもしれない》

そんな考えが芽生えた瞬間、相手への本物の恐れが、真由の中にするりとすべり込んだ。真由が抵抗の術を全て失った瞬間だった。

第5章　フェイズ2

二月二十七日　金曜　告知

獄舎内には、時計がない。ラジオ放送が流れている間は、番組でほぼ時間が分かるが、午後九時の消灯時間後は、それを推測する手がかりもない。ことにいったん寝入ってからふと目が覚めると、時間のない薄暗がりの世界にいる自分を見出すことになる。そんな時、舎房内の暗闇から魔物が這い出してくる。追っても追っても追い払うことのできない、自分自身の想念という魔物、あるいは自分自身の過去という魔物が。

きょうの午後、一番恐れていたことが現実になった。

S拘置所に来てちょうど一週間、昼食が終わった直後、三宅の房にお迎えがやって来た。そのせいで、今夜は何億倍にも増殖した魔物たちが三宅の眠りを妨げ、一呼吸ごとに、肺の中に恐怖と悔恨の灼熱した鉛を流し込んだ。

数年前までは、お迎えとは、そのまま死刑台への直行便を意味した。死刑執行がないのは、土曜日、日曜日と祝祭日、年末年始だけ。それ以外は、可能性としては毎日、執行がありえた。確定死刑囚たちは、朝の食事が終わってから、慣習的に執行が多い午前十時前後までの間を魔の時刻として恐れた。それは何の前触れもなく、突然にやって来る。死刑が確定してから何年経ったから、順番が回ってくるというものではない。確定後、四、五年目で執行される者もいれば、二十数年間も生かされている者もいる。次に誰が処刑されるかは、神ならぬ執行指揮書を起案する検察官以外には、直前まで分からない。法務大臣さえ、事実上は、法務省刑事局から回されてきた執行命令書に機械的に署名するだけの存在でしかない。

死刑執行が国家の意思の体現なら、国家意思とは検察官のことを意味した。

五年ほど前、「国民死刑執行法」が施行されてから、執行される側にとっても幾つかの変化があった。その顕著な一つは、執行の言い渡しが一週間ほど前に行われるようになったことだ。それまでは、文字通り執行直前に看守の一団が死刑囚監房にどかどかと押しかけ、有無を言わさず居房から引きずり出して刑場へ引き立て、宗教的儀式や遺言などの形式だけは整えながらも、一時間ほどの間に首に縄をかけてぶら下げてしまっていた。

それよりさらに昔は、執行の二日か三日程度前に本人に告知し、最後に会いたい肉親がいれば面会を許し、同じ運命を共有している死刑囚仲間ともお別れの会を開き、可能な限りの願い事を聞き届ける時間的余裕をもっていたという。

あらかじめ処刑される日時が分かると、恐怖で錯乱する者もいる。かつて、処刑直前に自殺を試みた者も数名いた。実際に自殺に成功した者もいたが、その囚人の遺体は何食わぬ顔で刑場まで運ばれ、いったん絞首台にぶら下げたあとに死亡を確認して荼毘に付された、というまことしやかな伝説もあった。一方では、最後に肉親と別れを惜しむ機会を与えられたことに、深い感謝を示しながら処刑された者もいる。

しかし、そうしたやり方は、いつの頃からか例外となり、徐々に消えていった。それは、死刑囚が最後の数日を自覚してどう過ごすか、という配慮よりも、その数日を無事に処遇するために収容施設側が負わなければならない負担の大きさの方が考慮された結果と言える。

国民死刑執行法の制定からしばらくして、三宅たち確定死刑囚にも、一通の通達によってその内容が告知された。

一般国民の中から執行員が抽選で無作為選出されること、死刑執行方法が「致死薬の注入」に改められたこと、処刑期日の宣告が事前に行われることなどが列記され、その理由についても、一応それらしく説明されていた。だが法律の専門用語や概念をふんだんにちりばめたその文章は、三宅には肝心な部分がほとんど理解できなかった。

ことに、無作為に選ばれた一般国民が処刑を行うことが死刑制度改革の核心部分だと言われても、三宅にはぴんとこなかった。処刑スイッチを押すのが誰であれ、自分の運命に針の先ほどの変化が生じる訳でもない。ほとんど意味をもたない変化にしか思えず、こんなことをご大層な法律にするほどのことか、とさえ思った。

だが、処刑方法が変わったことと、お迎えがある朝突然にやって来るのではなく、一週間程度の「猶予期間」ができたらしいことは、三宅の注意を強く引かない訳にはいかなかった。

「致死薬」とは、いったいどんな薬のことなのか？　ほんとうに苦痛なく眠るように死ぬことができるのか？　死に至るまでに、どの程度の時間を要するものなのか？

アメリカでも、致死薬による処刑が一般的に取り入れられたのは一九八〇年代も終わりになってからである。だから、三宅はたとえ映画や小説の中でも、こういう処刑方法が存在することを聞いたことさえなかった。「より人道的処刑」と言われても、未知の方法であることは、どのように説明されても恐怖感を増幅する作用しか果たさなかった。

また、処刑期日があらかじめ告知されたら、自分はその後の一週間をどう感じ、どう過ごすだろうか？　果たして正気を保っていられるのか、という自分自身に対する疑惑が生まれ、三宅の頭を混乱させる新たな要素となった。

「何の書いてあるか、よっと分かりません。所長に会わせてください」

同囚の中には、看守に向かって執拗に質問し、面接願箋を繰り返し提出しては、この新しい法が自分たちに何をもたらすのか聞きだそうとする者もいた。しかし、まな板の鯉が、まな板や包丁について多少知らされてもどうなるものか、と三宅はむしろ無関心を装い、騒ぎ立てる同囚には、それを蔑むような態度さえとった。

だが彼の中に言いようのない不安が広がり、心の中に居座り続けたことは間違いない。例えば、執行期日が決まった死刑囚がおかれるフェイズ2と呼ばれる処遇とは、いったいいかなるものなのか。通達に書かれた抽象的な表現からは、具体的なイメージが浮かばなかった。死刑囚はそんなことをあらかじめ知る必要などない。どうせその時が来れば、きわめて具体的に自分自身で体験できることなのだから。突き放すような通達文の冷たい文字列は、そう無言のうちに告げていたのかもしれない。

処刑期日をあらかじめ知らされた場合、絶望に陥った死刑囚がどんな行動にでるか予測できない。そうした状況下での施設側の保安負担は、きわめて大きなものになる。だが、それを飛躍的に軽減できる技術的な裏付けと条件が生まれていた。それがフェイズ2である。

……その核心部分は、電子監視システムにあった。

二月二十七日　金曜　ＲＨＵ

三宅はその日、昼食を終えると食器の片づけもまだ終わらないまま、呼び出しを受けて所長室まで連行された。確定死刑囚が所長室に呼ばれるとすれば、理由は二つしか考えられない。


恩赦の言い渡しか、処刑期日の告知である。

前者なら、所長室の扉は天国への入口、後者なら、地獄への入口となる。

もっとも、処刑されることを天に召されると考えれば、後者も天国への道というべきなのかもしれない。そう言えば、古くは監獄の長を典獄《てんごく》と呼んだ。

死刑囚の恩赦の前例は、絶無よりは多少、多い。政令恩赦では、戦後の平和条約発効時が最後。個別恩赦では、共犯とされた二人の死刑囚の一方が処刑されたのと同じ日に、他方が無期刑に減刑されたという特異な事例が、三十数年前に一件あって以降、絶えてない。

三宅だけが、この確率法則から除外されることはなかった。

所長室を出ると、もとの舎房には戻らず、三宅はそのまま死刑囚のための特別ユニット、リストリクテッド・ハウジング・ユニット（ＲＨＵ）に移された。

死刑囚は、刑が確定した段階でフェイズ1と呼ばれる処遇に入る。基本は未決囚と同等の処遇ということになっているが、実際は面会と手紙の発受信が家族だけに制限され、一般の囚人との接触の機会もほぼ奪われる。

死刑執行期日が指定されると、フェイズ2へ移行する。この段階ではＲＨＵへの収監が前提となり、執行を確保するための、より完全な監視体制下に置かれる。

アメリカの死刑囚監房に倣って四年前に導入されたＲＨＵには、最新のテクノロジーが数多く採用されている。

鍵の開け閉めや人員の出入状況管理は、すべて電子制御され、一部では生体認証《バイオメトリックス》も利用されている。つまり、指紋や瞳の虹彩、声紋などで個人を識別し、その人物の行動範囲を制限し、かつ記録するシステムである。ＲＨＵエリアへの立ち入りは、看守の中でも特定の要員にしか許されておらず、幹部職員でさえ許可なく立ち入ることはできない。

一般拘禁エリア、ジェネラル・ハウジング・ユニット（ＧＨＵ）からＲＨＵへの通路《アクセス》は一箇所しかなく、二十メートルほどもある回廊を歩く途中、二度にわたって二重ドアを通過しなければならない。それはちょうど、宇宙船のエアロックを思わせる設備で、大きなスチール製の扉が左右に開き、四名の看守に付き添われた三宅がその先へ進むと、前方五メートルほどの所に、まったく同じ扉があって、行く手を塞いでいる。今開いた背後の扉が閉じ、いったん狭い空間に閉じこめられる。それから前方の扉が開く仕掛けである。これを二度通過すると、RHU内部へと降下していくエレベーターホールに到達する。

文字通り奈落の底へと引きずり落とされるような数十秒間の降下の間、三宅を連行する看守たちは、誰も口をきかない。

やがて、床が一瞬わずかに振動し、エレベーターが最下層に沈下し終わったことを、小さな軋みとともに伝える。

扉が開いた瞬間、薄暗がりに慣れた三宅は、予期しない明るさに一瞬たじろいだ。

旧来の監獄が、煉瓦やコンクリートなどの暗く重苦しいイメージを連想させるとしたら、RHUはむしろ、清潔で最新設備の整った大病院を想起させ、強化プラスチックとメタルカラーに彩られている。

ここでは、一八〇度の視野角をもつ監視カメラがカバーしていない領域は、看守用トイレの個室の中だけといって過言ではなく、囚人たちは二十四時間、一挙手一投足までカメラの監視下に置かれている。

最新のコンピュータ制御システムを中心としたＲＨＵの建設には、従来の施設の十倍に近い法外な予算が投入された。建設費を高騰させた要因の一つには、それが地下に建設されたこともあった。

この建築方式は、オクラホマ州重罪刑務所の最厳重警備《マキシマムセキュリティ》ユニットをモデルにしたといわれている。この刑務所は、最大限の保安レベルを確保する目的で、主要施設の大部分が地下に置かれ、全体がコンピュータネットワークで集中コントロールされている。

自然光や換気が欠如しているなど、強度の拘禁性のため、人権ＮＧＯや国連人権委員会からの厳しい批判も受けていたが、法務省は、オクラホマ方式の施設建設を今後も拡大していく方針を示していた。

建設業界とコンピュータ産業に莫大な公共資金を投下する、アメリカの刑務所《プリズン》産業《インダストリアル》複合体《コンプレックス》方式に追随しながら、地下水脈が巨大な空洞を穿っていくように、全国の刑務所や拘置所の地下に、無機質な近未来の地下監獄《ダンジョン》が広がりつつあった。

ＲＨＵで過ごす三宅の第一夜は、ほぼ完璧な暗闇の下にあった。一般拘禁エリア（ＧＨＵ）

では、看守が十五分ごとに巡回し、監視窓から囚人の様子を確認する必要があったから、就寝中も人の顔が識別できるほどの明るさが保たれていた。しかし、暗視カメラと各種センサーが囚人の挙動を完全に捕捉しているRHUでは、そんな必要はなかった。

ＲＨＵ独居房の暗闇の深さは、三宅の運命そのものの闇の深さに照応していた。

「刑の執行期日が、三月六日午前十時ゼロ分と決まりました」

所長が告げた期日は、ちょうど一週間後を意味した。

その告知を、闇の中で何度も何度も反芻せざるをえない三宅が、狭いベッドの中で繰り返す寝返りの回数、呼吸音と心拍数、発汗量は、リアルタイムに集中管理センターでモニターされていた。平穏に眠りについている人と比較すれば、明らかに平均値をはずれた数値を示していたが、囚人番号四〇〇六のモニターディスプレイには、緑色のランプがまたたき、いずれも許容範囲内の異常値に過ぎないことを告げていた。

第6章

執行員たち

二月二十七日　金曜　未明

やっと面接が終了し、法務省さし回しのハイヤーでホテルに着いた時は、もう日付が金曜日に変わりかけていた。フロントで渡されたカード式のキーで十六階の自分の部屋に入ると、そのままベッドに倒れ込みたいほどの疲れを感じた。

部屋はツインルームだったが、同室者はいない。ビジネスホテルよりは格式が上のホテルらしく、ベッドサイドの小さな照明や窓の脇に置かれたテーブルセットは高価そうなものに見えた。

何とか熱いシャワーを浴びるだけの気力をふるいおこしたが、テーブルの上にあらかじめ用意されていた夜食に手をつける気はしなかった。しかし、赤ワインのミニボトルが添えられていたのは嬉しかった。肉体は疲労しているのに、気持ちだけは妙にたかぶったままの彼女には、睡眠薬代わりになってくれる何かが必要だった。

シャワーから出て、部屋に備え付けのバスローブを羽織った。ワインをグラスに注ぎ唇に運ぶと、何気なく目を上げた先に、デコラティブなフレームにはめ込まれた鏡が一枚掛けられていた。

そこに映った自分が、他人のように見える。ふだんは近所の衣料品店で夫や小学生の息子のものと一緒に買ってくるパジャマしか着たことのない自分が、ホテル備え付けのバスローブをまとってワイングラスを傾けている。それは平凡な主婦にとって、妙に華やいだシチュエーションですらある。だが、鏡に映った顔は、いつもよりもこわばっている。それは、丸一日続いた緊張に加えて、面接の最後にあの男が告げたひと言のせいだと分かっている。

面接官は、なぜ今夜あんなことを言ったのだろう？　明日の朝まで黙ってくれていれば、せめて今夜くらいはゆっくり眠れたかもしれないのに。

「実は、あなたは執行員に選定されています。明日のセッションから他の方たちとは別のカリキュラムになりますので、あらかじめ知っておいてください」

ワインを空けてしまっても、胸の息苦しさと動悸は、まだ静まってくれず、眠りは簡単に訪れそうになかった。

秋川純子《あきかわじゅんこ》は、ベッドサイドのミニバーの扉を開けると、ウイスキーの小瓶を取り出した。

夫の修一《しゅういち》と息子の幸洋《ゆきひろ》は、もう床に就いただろうか。二人だけを残して家を空けるのは、結婚以来初めてのことだ。本当に執行員に選ばれるとは予想していなかったから、留守の間の二人のことが急に気がかりになった。朝一番で実家に電話して母に来てもらおうか。しかし、執行員に選ばれたなんてことを言ったら、母がどう思うか？　というよりも、そもそも母に、執行員に選ばれたという意味が理解できるだろうか？

眠れない夜、いつもの純子なら、夫をベッドに残したままダイニングルームに抜け出し、ノートパソコンを広げてコミュニティサイトに入り、チャットルームでいつもの仲間たちとのとりとめないお喋りに気を紛らわせながら、眠りが訪れてくれるのを待っただろう。今も、パソコンさえ手元にあれば、すぐにもチャット仲間たちに知らせてやりたかった。「わたし、本当に執行員に選ばれちゃった」と。純子には、彼ら一人ひとりの反応を想像してみることさえできた。そして思った。夫はどう思うか分からないが、少なくとも彼らに対しては、これで顔が立った、と。

二月二十七日　金曜　朝

翌朝七時半、ルームサービスの朝食が部屋に届けられた。一般の宿泊客と同じレストランでバイキング形式の朝食をとると、執行員候補者たちの不用意な発言から、一般客に妙な情報が伝わることを恐れた措置と思われた。いずれにしても他人の視線を気にせずにゆっくりコーヒーが飲めることはありがたかった。

「小河さん、実は、あなたは執行員に選ばれています。明日のセッションから他の方たちとは別のカリキュラムになりますので、あらかじめ知っておいてください」

面接の最後に男がそう言った時、真由は不意打ちをくらった気がすると同時に、心のどこかで、やっぱりという思いがした。どういう経緯で自分が選ばれたのか分からなかったが、次第にとりとめのない雑談になっていく面接官の態度には、自分を説得するとか説明を理解させようという切迫感が感じられず、すでに決定してしまっている事柄を前にしているような、開き直りにも似た落ち着きが感じられたからである。

抗議や抵抗を示す精神的な余力も、それまでには失われていた気がする。それにしても、ひと言の抗弁もできないままに部屋を出て、法務省さし回しのハイヤーに乗り込み、ホテルまで送られてきたことが悔しかった。

コーヒーカップをサイドテーブルに置いた瞬間、電話機が鳴り、外線のオレンジ色のランプが点滅した。

「九時半に、部屋までお迎えにまいります。それまでに支度をお願いします」

「昨夜も言われたから、分かっています」

わざとぞんざいに答えて受話器を置くと、テーブルの後ろの壁に掛けられた鏡に、他人のような自分の顔が映っていた。

二月二十七日　金曜　移動

選ばれなかった候補者たちは、まだそのことさえ知らず、真由たちより二十分以上早くマイクロバス数台に分乗してきのうと同じ法務省の分局ビルに向かった。彼らも午後まで引き続きレクチャを受けるとはいえ、その目的は真由たちとはまったく別だった。彼らには、死刑執行員の候補者として受けたレクチャに関する守秘義務と、それに背いた場合の罰則規定についての講義が待っているのだった。それだけのことで午後まで拘束されると知ったら、彼らは怒り出すか、それともやはり執行員の責務を免れたことを喜ぶ解放感の方が大きいのだろうか。

一方、真由はホテル地階の駐車場から黒塗りのセンチュリーに乗せられ、別の場所に向かうことになっていた。

きのうの面接官がクルマの脇に立っていて彼女を迎えたことも、後部座席の隣に乗り込んできたことも驚かなかった。どうせこれから、もっと不快なことを経験しなければならないのだ。

運転手のほかに、助手席にもう一人、見知らぬ男がいた。四人を乗せたクルマは、真由の予想に反して、すぐに高速道路に入り、都心から離れる方向へ走り出した。

「今後のセッションは、郊外の施設で行います。それから、もう少し遠くへ移動しますが、それはおいおいお知らせしますので、ご心配なく」

男の愛想のよさは気休めにもならなかった。真由は、ここまで来たらもうじっと目をつぶってクルマがどこまで自分を連れていくのか、ただ身を任せるしかないと思った。

クルマは、首都高速から中央高速に入り、西に向かって進んだ。

「一時までには着くと思うので、昼食は到着してからにしましょう。サービスエリアのレストランよりはましなものを用意していると思いますから」

男はこう告げると、あとは沈黙を保った。

高速を下りてさらに一時間程度走り、クルマは山間部に入った。道路脇には何箇所も雪を掻き上げた跡があり、チェーン規制された区間もあったが、おそらくスタッドレスタイヤを履いているのだろう、一度もチェーンの着脱のために停止することはなかった。

《この道をふたたび帰って、もとの生活に戻ることができるのだろうか？　たとえ同じ道を逆にたどることができるとしても、その時の自分は、今の自分と同じだろうか？》

今がまだ冬でよかった、と真由は思った。もしこの道が初夏の新緑に彩られていたとしたら、わたしは二度とその美しい季節を心楽しい思いで迎えることはできなかっただろう。

クルマは何度か急なつづら折りを上り下りし、やがてその一つを上り詰めた空き地で止まった。

ここが目的地なのだろうか？　空き地から、山肌の片側を削った恰好で一本の小径がさらに山頂方向に続いている。その入口には「国有地・許可なく立ち入りを禁止します」という看板がかかった鉄製の門扉があった。

男たちが門扉のインターフォンごしに何かを告げると、扉が自動的に開き、クルマを内部に導き入れた。

きれいに雪掻きされた小径を入り、道なりに右へカーブをきると、コテージか貸別荘といった風情の二階建ての建物が見えてきた。

やがて、ファサードに掲げられた「和泉山荘・法務省セミナーハウス」という看板が読みとれる位置までクルマが進んだ。

クルマ寄せには、あと数台のベンツとセルシオが止まっていた。

真由は、その一台から降りようとしているのが、光野剛であることに気づいた。

二月二十七日　金曜　セミナーハウス

法務省のセミナーハウスは、研修施設と保養施設を兼ねた造りになっており、二階のほぼ中央に位置するカフェテリアは、最大八十名程度が一度に食事できるほどのキャパシティをもっている。今、その広いカフェテリアは、窓側の十席ほどが埋まっているだけで、がらんとして寒々しい。

小河真由、光野剛、そして第三の執行員、石巻《いしまき》翔太《しょうた》は、七名ほどの法務省職員たちとともにテーブルを囲んで、昼食が運ばれるのを待っていた。

「なんか、気詰まりでんな。お互い名前も知らんいうのは、不自由やし。自己紹介でもしましょか。わたし、光野剛いいます。サラリーマンです。パン・パシフィック映画いうところで宣伝マンやってます」

光野がこれだけ言うと、真由の方を見て促した。

役人たちの一人が何か言いかけたが、真由の面接を担当していた男が、それを軽く手で制するしぐさをすると、役人たちは黙って成り行きに従った。

「小河真由と申します。電子機器メーカーで広報関係の仕事をしています」

「あ、僕はフリーターです。石巻翔太といいます」

「お若いですね。お幾つでっか？」光野が翔太に尋ねた。

「二十歳《はたち》です」

翔太も、執行員候補たちがレクチャを受けた法務省別館にいたはずだが、真由の記憶の中にはなかった。最近の若い男の中には、得体の知れない暴力的な雰囲気をもっていて、電車の中で近くに座るのさえ怖い者がいる。それと同時に、気弱そうで存在感や印象が希薄な者がいる。翔太は後者のタイプに思えた。

「二十歳の人まで選ばれるんですか？」

誰にともなく尋ねた真由の問いには、なぜこんな弱々しそうな子が、という疑問も込められていた。

「まだ実際の例はありませんが、法的には十八歳以上なら執行員に選出される資格があります」

全員がお仕着せのように似通った紺のスーツを着た役人たちの一人が答えた。

「少年法の改正に伴って、刑事罰の対象年齢が下がったことに対応して、執行員の資格年齢も引き下げられました。科罰されうるということは、一人前の人間として扱うということですから、当然、国民としての法執行の義務と権利ももつという訳です。選挙権も十八歳からになりましたし、それとの整合性ということもあります」

こういう話ならお手の物という感じで、別の役人が解説を加えた。

そうだ、その話は寺原弁護士からも確か聞いたことだった。分かっていたのに、つまらないことを口にしたせいで、つまらない解説を聞かされるはめになってしまった。しかしすぐに昼食が運ばれて来たおかげで、会話は自然に中断した。

大きなガラス窓からは、鈍色の冬空を背景に、遠くの山々が霞んで見える。ふだんなら、どんな食事でもおいしく感じるような素晴らしいロケーションだった。

食事中も、終わってからも、会話がはずむことはなかった。全員が黙々と食後のコーヒーか紅茶を飲み終わると、煙草を吸う人間は、それを口実に席を離れられることを幸運に思い、他の人々は、窓から遠望する山々の風景に気持ちを奪われているかのようにして、あらぬ方向に目を向けていた。

「では、そろそろこれ以降の最終セッションのカリキュラムについて、ご説明しますので、セミナー室に移動しましょう」

役人の一人がこう口火を切った。

「別に、わざわざ移動しなくても、ここでいいんじゃないですか?」

真由の面接員が口を挟んだ。役人たちの中には、彼より年配に見える者もいたが、年齢にかかわらず、彼は明らかにこの集団の中では主導的な役割をしている。役人たちは、彼を「統括」と役職名で呼んでいた。

「ここでお話ししましょう。君たちは席をはずしてくれますか?」

統括が言うと、まだコーヒーカップに飲み物が残っている者も、いっせいに席を立って会釈すると、統括と三人の執行員をその場に残して足早に離れていった。

「執行期日は、三月六日午前十時ゼロ分です。ちょうど一週間後です」

役人たちが立ち去ったあと、統括はいきなり核心的な情報を伝えた。そして、三人の反応を見極めるように、少し間を置いて付け加えた。

「それまでの間、皆さんには必要な知識や心構えについて準備していただくことになります。明日とあさっての土日は、とくにカリキュラムは組まれていません。ただし、この二日間の間に、医師による検査と診断が随時行われますので、その際は指示に従ってください。このセミナーハウスには、スポーツ施設や図書館、オーディオルームなどもありますので、その他の時間はご自由に過ごしていただいてけっこうです。月曜日から水曜日まで三日間の最終セッションのあと、前日の木曜日に現地に移動します。何か分からない点、不自由な点があれば遠慮なくおっしゃってください」

「現地に移動って?」石巻翔太が不安そうな声で尋ねた。

「今回死刑が執行されるのは、S県S市のS拘置所です。前日の木曜日にS拘置所に入っていただきます」統括が答えた。

「S県ってどのへんでしたっけ。僕、一度も行ったことないところだ」

翔太がますます心細い声で、誰に言うともなくつぶやいた。むろん不安なのは翔太だけではない。S県なんて真由にも光野にも不案内な土地だった。何のために、わざわざ全国のさまざまな場所から執行員を集めた上に、無縁な地域へと送り込むのだろう？

執行員たちがこの時共有した不安を追い払うように、統括が付け加えた。

「金曜日の午後には、それぞれご帰宅いただけますから」

あと七日後の今頃は、すべてが終わっているということなのだ。だからそれまでは、ただひたすら目をつぶって決められたレールの上を走るしかないということだろう。しかし、それが終わったあとにも、自分たちには継続する時間があり、戻っていく日常があるのだ。

第7章

三月二日　月曜日

執行マニュアル

「執行の手順」と表紙に書かれた三十ページ程度の冊子が配布された。

小河真由、光野剛、石巻翔太の三名は、開始時間がくるまで答案用紙を開いてはいけません、と厳命された受験生のように、その冊子を机の上に置いたまま、身じろぎもしないで黒い表紙を見つめていた。

「では、この冊子に従って、実際の手順をご説明します」

講師は、やはり名無しのままの「統括」が務めている。

「死刑執行は、旧来は絞首という方法がとられていました。それは刑法と旧監獄法にも執行方法として規定されていました。冊子の最初に書かれています」

統括が示したページには、以下のような法文が引用されている。

刑法　第十一条　死刑は、監獄内において、絞首して執行する。

監獄法第七十一条　死刑ノ執行ハ監獄内ノ刑場ニ於テ之ヲ為ス

第七十二条　死刑ヲ執行スルトキハ絞首ノ後死相ヲ検シ仍ホ五分時ヲ経ルニ非サレハ絞縄ヲ解クコトヲ得ス

旧監獄法は、明治四十一年に制定されたもので、表記はカタカナで、濁点もない。その後「刑事収容施設及び被収容者等の処遇に関する法律」と名称が変わり、表記も次のように変更された。

第百七十八条　死刑は、刑事施設内の刑場において執行する。

第百七十九条　死刑を執行するときは、絞首された者の死亡を確認してから五分を経過した後に絞縄を解くものとする。

「国民死刑執行法は、刑法と刑事収容施設等処遇法の一部改正という形をとっています。

死刑執行方法は、刑法からも処遇法からも削除され、法で明文化するのではなく、法務省が別に定める通達および細則に従う、とされました。さらに付帯決議として、執行は、知られうる最も苦痛の少ない方法によらなければならない、とされています」統括は続けた。

「絞首刑も、我が国で採用してきたいわゆるロングドロップ方式、つまり一定の高さから首にロープをかけた死刑囚を落とす方法は、死刑囚自身の体重と落下の衝撃で頸椎が一瞬にして破壊され、意識不明となるため苦痛はほとんどないと考えられてきました。しかし、現在は、より安定した方法として致死薬注射法が採用されています。この方法が最初に採用されたのは、米国のオクラホマ州です。一九七七年に、致死薬の静脈注射を死刑執行方法とする法案に、当時の州知事が署名しました。次いで、たった一日遅れでテキサス州が同様の法案を可決し、その一週間後にはフロリダ州が、従来通りの電気椅子処刑と並行して致死薬注射を処刑方法に採用しました。どちらを選択するかは、死刑囚自身に選ばせるのです」

真由たちがレクチャを受けているセミナールームは半地下式になっていて、一方の壁の、人の背丈よりやや高い部分だけに、明かり採りの窓があった。講師役の統括は、その窓を背にして淡々と話を続けた。逆光になって、その表情はあまり読みとれない。

「実際にこの方法で処刑を行ったのは、テキサス州が最初です。一九八二年に同州のハンツビル刑務所でチャーリー・ブルックスという男が、この方法で初めて処刑されました。それ以降、米国では致死薬注射を採用する州が増え、近年ではほとんどの処刑でこの方法が採られています」

我が国では、死刑制度についての議論は長い歴史をもっているが、処刑方法についての論議はほとんどなされてこなかった、と統括は続ける。

「司法制度の見直しは、議論の専門性が高いこともあって、なかなか関心を集めることが困難だったんです。ことに死刑執行方法などという問題は、取り上げられる機会がほとんどありませんでした。国民執行員制度の採用がほぼ決定した頃から、処刑方法についてもようやく議論が行われるようになったんです。処刑は確実でなければならず、失敗は許されません。内閣の下に調査委員会が作られ、様々な方法が検討された結果、誰が行っても苦痛なく確実に囚人をすみやかな死に導く方法として、致死薬注射が最も優れているという結論に達しました」

「僕たちが注射するんですか?」

石巻翔太が小さく声を上げた。彼の発言は、誰かに対する質問なのか、独り言なのかよく分からないような曖昧さをつねに伴っている。

「もちろん、専門家がサポートをした上でのことです。執行員の仕事は、通常の注意力や集中力、身体運動機能さえ備わっていれば、誰でも確実に短時間で遂行できるように入念に工夫されています。この制度を実施するにあたって、政府が何よりも心を砕いたのは、普通の国民が誰でも参加できるよう、執行における負担をできるだけ小さくすることです。国民が積極的に司法参加し、一人ひとりが公共のために義務を果たすことこそ、民主主義の基礎ですから」

統括は翔太に向かって、噛んで含めるように言った。だがそれは真由に対しても、また押し黙っている光野に対しても同様に言われているのだと真由は理解していた。

面会

三宅は、まだ迷っていた。

先週末、フェイズ2の告知を受けたあと、S拘置所の教育課長がRHUの独房までわざわざ出向いて来た。彼はあることを告げるためにやって来たのだ。

「執行前に誰か会いたい人がいれば、申し出なさい」

ここの教育課長は、僧籍をもったY拘置支所の課長よりもだいぶ若く見える。まだ四十歳そこそこくらいではないかと三宅は思った。がっちりした体格は若い頃スポーツで鍛えたことをうかがわせ、物腰にも隙を感じさせない。一八〇センチに近い三宅の前に立っても、上背では多少負けている程度に過ぎず、ひょろりとした三宅を圧倒する体躯をもっていた。

きょう、月曜の午前中に、教育課長あてに返事を伝えることになっていた。

誰かを呼ぼうか、呼ぶとしたら誰を呼ぶのか？　今さら、誰と会えばよいのか？　それともこのまま誰とも会わないままの方がよいのか。

三宅の刑が確定して半年ほどたった頃、一度だけ弟が会いに来た。今から、もう十年ほども前のことだ。母は、裁判をしている時に何度か面会に来たが、死刑判決が確定したあとは、一度も会いに来なかった。手紙さえ寄こさず、三宅の方からも出さなかった。

故郷を飛び出したのは十七歳の時だが、中学校入学以前から、三宅はほとんど家に寄りつかなくなっていた。若い頃から大酒のみで高血圧だった父親は、小学校四年の時から長く入院生活を送り、週末だけ近くの公立病院から帰宅した。父親が家にいることがうっとおしくて、土日は家にいることを避けるようになった。その父は、中学入学の翌年に死亡した。

父の入院費、三宅と二歳年下の弟という一家の家計は、小さな信用金庫のパート職員として働く母親が一人で支えてきた。

中学卒業と同時に、父の妹の夫にあたる叔父の口利きで、地元では中堅クラスの工務店に就職した。職人の軽トラックに同乗して工事現場を回り、住居や店舗の水回り工事の補助作業をすることが、三宅の最初の仕事だった。

最初の給料日、思ったよりもかなり少なかった手取り給与額は、三宅のそれでなくとも乏しい労働意欲を一挙に喪失させた。口約束の給与額を、そのまま手取り額だと勘違いしていた彼は、税金や社会保険、その他さまざまな名目で差し引かれている意味が理解できなかった。その日のうちに、ほとんどを中学時代から覚えたパチンコで使い果たし、翌日から数日間無断欠勤したあと、三宅はクビを言い渡された。就職の口を利いた叔父夫婦に、母が平身低頭して謝っているのを尻目に、三宅は家を飛び出し、数週間帰らなかった。

しばらくして、地回りのヤクザを後見人にした不良グループの中に三宅の姿が加わっていた。

それから二年ほど経って彼が故郷を飛び出す頃には、母は三宅のことを「もうあきらめた」と周囲に漏らしていた。

その母は、もう七十歳代半ばを超えていた。弟は三宅の事件が大きく報じられたあと、会社勤めを辞めて転居し、新しい土地で商売を始めたと聞いていた。その商売自体は思ったよりもうまくいっている、と十年前、一度きりの面会の時に弟は語っていた。事件の少し前に生まれた、三宅から見ると甥と姪にあたる二人の子どもたちは、高校生くらいになっているはずだったが、伯父のことを知らされていない。

もしも三宅が処刑前に会う人間がいるとしたら、この母と弟以外にはなかった。彼は妻帯したことはなく、過去の数少ない同棲相手の女たちは、いずれも行方知れずだったし、今さらどの面さげて会ってくれと言える相手でもなかった。

「教育課長さんがお呼びだ」

そろそろ昼食時間かと思っていた三宅を、二名の警備隊員が房から連れ出しにやって来た。

教育課は、一般拘禁エリア（GHU）の中にあったが、一度フェイズ2に入った死刑囚は、二度とふたたびGHUへ立ち戻ることはありえない。そのため、課長の方からRHUにある面接室へ出向いて来るのだ。部屋の入口には「カウンセリング・ルーム」と書かれている。

「ちょうど昼食時間だね。君の分もここに運ばせるから、一緒に食べよう」

教育課長の柘植《つげ》卓《すぐる》が、手をさしのべるようにして椅子をすすめる。

フェイズ2の死刑囚の食事は、一般囚とは別に職員食堂の調理人たちが用意していた。そこで働く調理人たちも囚人だが、チーフだけは外部のきちんとしたレストランでの経験を積んだプロの料理人だった。

「お前、出世したな。所長と同じメシだぞ」

最初のフェイズ２食を運んできた担当看守は、無神経なのか受けをねらったのか、こんな戯れ言を言った。

柘植教育課長と三宅のために二人分の昼食が運び込まれ、テーブルクロスもない会議用テーブルの上に並べられた。

「話の前に、まず食おう。冷めないうちに」

柘植は率先して箸をつけながら、三宅を促す。処刑を数日後に控えているにもかかわらず、二十年近くも監獄の冷や飯ばかり食ってきた三宅にとって、テーブルに並んだチキンのソテー、付け合わせの温野菜とスパゲティー、コーンやジャガイモの大きな塊が入った熱いポタージュスープそれにギンシャリなどのメニューは、やはり生唾を呑み込むような魅力的なものに映った。

柘植も黙々と箸を運ぶだけだったが、三宅はその姿に、面会に関する回答を迫る無言の圧力を感じた。

《母を呼んでくれと頼もうか》

彼はまだ決断がつかず、のろのろと箸を運び続けた。

柘植は一足先に食事を終えると、急須から煎茶を二つの湯飲みに注ぎ分け、一つを三宅の前に置いた。そして自分の湯飲みから一口すすると、一呼吸おいて切り出した。

「お袋さんが、実は見えているんだが」

目は、ことさらまっすぐに三宅に向けられている。

三宅の箸を持つ手が止まった。うつむいてまだ食事をしていた彼の表情は、柘植からはうかがえなかった。

エジソン

「致死薬注射とは知らんかった。日本は絞首刑やと思てましたよ」

光野剛は、真由に遠慮してテーブルから離れ、セミナーハウスの中庭に面した窓際に立って煙草に火を点けながら言った。

石巻翔太は部屋の隅に積まれた雑誌類を物色して、クルマ関係のグラフィック雑誌を抜き出した。

真由は食後のコーヒーをすすりながら、光野の背後の冬枯れした中庭の景色を眺めていた。初日をのぞいて、食事の時は三人だけになり、統括を始めとした法務省のスタッフは同席しなくなった。食事の場所も、二階のカフェテリアではなく、一階の小食堂になった。昼食後、午後一時半までは休憩時間だと言われていたから、コーヒーを飲み終わったら、そこらを歩いてみよう。真由はそう思っていた。

「致死薬注射が簡単で楽な処刑方法やなんて眉唾もんや。簡単に役人の言うことなんか信じたらあかん。そんなこと死刑になった本人にでも聞かな、分かりっこないことやしね。あの偉そうな統括、自分でいっぺんやってみたらええねん。別にほんまに死なへんかて寸止めでやってみる方法いうのもあるはずや。昔、絞首刑の台を最初に作った大工の棟梁は、自分でぶら下がってみて具合を確かめたいう話があるがな。もちろん死ぬ寸前に弟子に助けさせた訳やけど」

三人だけの時は、光野はやはり饒舌だった。

「電気椅子かて、致死薬注射が出てきてからは残虐な処刑方法やと非難の的になったけど、最初はこれこそ一番苦痛の少ない、文明的な殺し方やとさんざん言われてきたんやからね。

ところで電気椅子発明したんは誰やと思います?」

「エジソン」

部屋の隅で雑誌を読んでいると思っていた翔太が、唐突に答えた。

「そや、正解や。なんで知ってたんや? まぐれやろ?」

「ピンポーン。まぐれでえす」翔太の間延びした声やしゃべり方には少しは慣れてきたというものの、いったいこの子は何を考えているんだろう、と真由はいつも不思議な気持ちがした。

「直接に電気椅子を作ったんは別の男やけど、この発明はエジソンの会社が全面バックアップしてできたんです」

光野のうんちくが続く。

「エジソンが発明したんは直流の電気やけど、もう一つ交流というのがありますね。どない違うんかと聞かれてもよう分からんけど、確か小学校の理科で習いましたね。この直流と交流が初めの頃、アメリカで市場争いを演じて、どっちかというとエジソンの直流の方が分が悪かったんですわ。それで、競争相手の交流、これをやってたんはウェスティングハウスいう会社、今でもおますね、あれやったんです。で、交流がいかに危ないかということを、ある男がエジソンの会社から金をもろうて宣伝して回ったんです。見せ物みたいな興行ツアーをしたてて、犬やら猫やら、しまいには馬からオランウータンまで、交流電気で感電死させて歩いたんです。で、直流の方が安全やと言うて回った訳です」

その当時、つまり十九世紀の終わり頃、アメリカでは絞首刑による処刑に時間がかかりすぎ、受刑者の苦痛が見るに耐えないという非難がようやく州や連邦の政府を動かし、他の処刑方法を検討する動きが出ていた。

一八八九年にニューヨーク州が電気による処刑を法制化した。このとき州政府の要請に応じて最初の電気椅子を設計したのが、エジソンの肝いりで交流電気の危険性を訴えてきたハロルド・ブラウンという電気技師である。

処刑用具に交流が使用されることで、競争相手のイメージを決定的に傷つけられる。そう考えたエジソンは、ブラウンのために最大限の便宜をはかったといわれる。

翌一八九〇年八月六日が、世界初の電気椅子による処刑が行われた記念すべき日となった。場所はニューヨーク州のオーバーン刑務所、受刑者の名はウィリアム・フランシス・ケムラーという。この最初の電気処刑は、いわゆるbotched execution（不手際な処刑）の最初のケースともなった。電流が流されてから、ケムラーの死を医師が確認するまでに十七分を要し、その間数回にわたって電流が断続的に流された。最後には炎と煙が受刑者の身体から立ち上り、肉の焼ける臭いがしたと伝えられる。電気椅子処刑は、感電死というより、焼殺に近いことを示す事例が、これ以降も数多く報告されている。

「電気いうたら、当時の科学技術の最先端みたいなもんですな。そやから、何とのう文明的なもんに見えたいうだけの話と違いますか？」

「じゃ、薬品だって、何となく最新技術っぽいから、残酷じゃなさそうに見えるだけってことですかね？」翔太が雑誌から目を上げて、会話に加わった。

「僕の知ってる子で、何回もリストカットしてる子がいて、薬も飲んだことあるけど、苦しくて途中で吐いちゃったって言ってました。そんときゃ、そりゃーもう、メチャクチャ苦しかったって」

「しかし、処刑する側になったら、絞首刑の方がもっとかなわんな。死刑囚の足首をくくって、首にロープをかけんねんで。暴れられたら、こっちがびびるがな」光野が翔太を無視して続けた。

「その分、注射なら、実際の作業はほとんど医者がやるさかい、わたしらは注射を開始するスイッチをオンにするだけや。まあ、処刑いうても象徴的な動作やな」

「処刑する側になったら」

光野のこの言葉が、真由をはっとさせる。

《そうだ。こんな所でまるで他人事みたいに話をしているけど、処刑を行うのは、このわたしたちなのだ》

処刑方法などという生々しいレクチャを受けながら、まだ半分以上、それを現実のこととして受け止めていない自分がいることに、真由は今さらながら気づいた。

「スイッチって、注射にスイッチがついてるんですか？」

「注射いうても、ぶっといヤツが壁に四、五本並んでて、スイッチ入れてポンプみたいにして薬を流すんや。『デッドマン・ウォーキング』いう映画見てへんのか？」

翔太の質問に答える光野の声を背後に置き去りにして、真由はカフェテリアを抜け出し、一階ロビー脇のガラス扉から中庭の冷たい外気に逃れ出た。

母

「遠くから来られたんだから、お待たせしても悪い。なるべく早く会ってあげた方がいいんじゃないか？」

柘植教育課長は、それを官が押しつけている訳じゃない、あくまで君の意志次第だ、と付け加えた。「官」とは、拘置所や刑務所の当局を指す言葉で、施設内では看守、囚人問わず、通用する言い方だった。

だが、そもそも母がすでにここに来ているということ自体が、三宅にとって官が仕掛けた不意打ちに思えた。自分自身が処刑期日のことを知らされたのは先週金曜日だ。まだ三日しか経っていない。いったい母はいつ知らされたのか？

三宅の母、悦子《えつこ》が今は自分の郷里のK県に住んでいること、高齢を心配した弟の伸二《しんじ》が同居をすすめても、長年住み慣れた場所を動きたくない、と頑なに独り暮らしを続けていることなどは、弟から一年に一度だけ来る便り、つまり年賀状で聞き知っていた。

K県からS市まではけっして近い距離ではない。高齢の母がもう着いているのだとしたら、よほど早く家を出なければならなかったはずだ。柘植課長は母のことしか言わないが、弟の付き添いもなしに、一人で来たのだろうか？

三宅は、いったん自分の独房に帰ってから返事させて欲しいと答えた。

柘植が警備隊の職員を呼び入れ、三宅は立ち上がって面接室をあとにした。

窓が一つもない廊下を、手錠をされたまま歩いていく。ＧＨＵでは房の外に出る時も、手錠まではされなかった。ＲＨＵほどのハイテク化されたユニットなら、なおさら手錠など必要ないと思えたが、処刑直前の処遇マニュアルに沿って、房から一歩出る場合でも必ず両手に手錠をはめられた。

三宅のサンダルのゴム底がペタペタと貧弱な音をたて、一方看守たちの頑丈そうな革の半ブーツは、何か特殊な素材を使ってでもいるのか、それともＲＨＵでは床材に何か仕掛けでもあるのか、三宅にとって耳になじんだカーンカーンと響き渡るような音をたてない。

単調な廊下は、どこまでも果てしなく続くように思える。

そうだ、これが俺の人生そのものだ。自分の気紛れや意志で、ふと横へそれることも、どこへいくべきか考えることも許されず、ただ一直線に淡々と定められたままの道を最後まで歩き続けること。その行き着く先も、とっくの昔に分かり切っている。終末までの距離があとどれほどであったとしても、その途上に変化や偶然の起こりえない道程は無意味でしかない。ゼロが無限に続くだけだ。ならば、いっそ早く終わってしまった方がよい。

そうだ、今すぐに処刑してもらいたい。なぜあと四日も待つのか？　それは生きている者たちの身勝手に過ぎない。自分にとって、これ以上の無を積み重ねることは、一秒ごとに、一つ呼吸をするごとに自分の人生の無意味さを折り重ねていくことに過ぎない。

もし今すぐ死ぬことが許されないのなら、せめて最も死に近い場所、誰からも邪魔されず、声をかけられることもなく、自分のことを気にかけてくれるのは、天井から二十四時間見下ろしている監視カメラだけの、あの死刑囚監房の薄暗がりの中に放置しておいて欲しい。これ以上、死体をいじくりまわすのはやめてくれ。

柘植は、午後四時まで待ったあと、三宅悦子を教育課の応接室に招き、息子との十一年ぶりの再会が、きょうはかなわないことを伝えた。

「どうも、わがまま言うてご心配をかけとりますようで、申しわけございません」

小柄な老婆は何度も柘植に頭を下げ、途方にくれたように立ちつくした。

第8章 三月三日 火曜日

高原ロッジ

「きょうのレクチャは、午前中だけにしましょう。午後は少し身体と気持ちを休めてください。それも、大事な準備ですから」

午前中の講座を終え、ノートパソコンを閉じながら講師がこう言った時、三人は心底救われた気分になった。

「ロッジの裏手に高台になったとこがありましたね。昼食のあと、あそこに登ってみませんか？」

谷脇亮平《たにわきりょうへい》が秋川純子に声をかけた。「見晴らしよさそうだし、ちょうどいい運動になりそうだし」

「そうですね。池谷《いけや》さんもご一緒しませんか」

机の上の資料を片づけながら、純子が池谷聡《さとる》の方を振り向いて言った。

「ええ、でも天気がちょっとね」

池谷はやや気乗り薄に曖昧な答えを返した。

「ほんと、講義ばっかりなんてしんどいです」

若い亮平が一番つらそうに言いながら、椅子から立ち上がるとストレッチングを始めたのがおかしかったが、純子もつられて両腕を大きく伸ばして深呼吸した。

「でも学生なら毎日授業を受けるのは慣れてるんじゃないの？」

池谷がぶっきらぼうに言う。三十代半ばくらいだろうと思うが、時々妙に子どもっぽい表情を見せることもあり、年齢不詳でつかみ所のない雰囲気をもっている。職業はフリーのコンピュータ技術者だというが、人と口をきくことは最低限にしないと損だといわんばかりに無愛想だ。その愛想のなさが、誰に対しても平等である点だけが、救いだった。

「うちの学部は実験とか実習とかの方が多いですし、僕は中学からずっとサッカーやってますから、座ってるのは苦手です」

そう答えた亮平だが、小学生の時から自宅にパソコンがあったという世代の彼は、コンピュータには多少の知識と興味があると見えて、きのうの休憩時間中、リナックスだのＩＰ

プロトコルだの、純子にはちんぷんかんぷんの話題で、池谷と二人で盛り上がっていた。

彼らが、ことさらそんな話題に熱中しているようにふるまうのは、あるいは講義内容の重さから無意識に逃れようとしているのかもしれない。純子は、そのことが少し不満だった。彼女は逆に、できれば「授業」以外の場で死刑について彼らの本音を聞いてみたいと思っていた。あるいは、彼女自身が自分の中で鬱屈している本音を、誰かに話したいという気持ちが募っているという方が正確かもしれない。

さっき亮平が「ロッジ」という呼び方をしたが、三人が三月六日の執行日に向けて最終レクチャを受けているこの場所は、正式には「槙里《まきさと》高原ロッジ」と呼ばれる法務省関連の厚生施設だった。

三十歳代のコンピュータ技術者、地方都市の公立大学農学部三年の男子学生、そして三十八歳の専業主婦というトリオが、まる一週間も季節はずれの避暑地のロッジで一緒に過ごすという経験と、死刑執行という差し迫った状況とは、いつまで経ってもしっくりと結びつきにくい。

「池谷さん、ふだんあまり運動していないんでしょ？　せっかくこんな空気のいい所にいる間だけでも、少し身体を動かした方がいいわよ」

純子は、玄関ロビー脇にある食堂に向かいながら、池谷を振り返ってふたたび声をかけた。
この高原ロッジに移って来て、きょうで五日目だが、ここでの非日常的な生活はまだ彼女の中で新奇さを失っていなかった。そして、それを楽しんでいる自分がいることを認めるのに、さしたる罪悪感はなかった。

秋川純子

二週間近く前、「刑法修正十一条に基づく執行員候補者召喚状」などという訳の分からない書類が彼女のもとに届いた時、純子はそこに書かれていることの意味を理解するまでに、数分を要した。
《これは、やっぱりクロカミのことなのかしら》
何度か読み返してから、ようやくそうらしいと結論づけた。
《あのクロカミなんだわ。わたしに来たんだわ。嘘じゃないんだわ》
純子は、結婚して十二年になる。夫の秋川修一は、中堅スーパーマーケット・チェーンの地域マネージャに昇格したばかりで、連日帰宅は十一時近かった。その上、土日は店が開いているからむろん休みではなく、休業日の水曜も研修などと称して、まともに休めないことが多かった。

帰宅すると、玄関からバスルームに直行してシャワーを浴び、衣服の片づけは純子に任せたままダイニングテーブルの上に用意された夜食をつまみながら手酌でビールを飲む。そして、小一時間ほどテレビを眺めてから床につくという判で押したような日々だった。

クロカミが届いたのは二月十八日、水曜日の午後。普通の夫婦なら、週末にゆっくり相談をすることもできるのだろうが、土日もいつものように午前七時過ぎには家を出る夫に、いきなり話せる話題ではなかった。数日も言いそびれたまま、純子はクロカミをリビングの隅に置かれたライティングテーブルの引き出しにしまっていた。

誰かに話してしまいたいストレスは、ネットで晴らすしかない。クロカミを受け取った翌日の夜には、まだ夫も知らない事実を、純子のネットワーク仲間はすでに知っていた。

土曜日は、いつものように夫が仕事に出かけてしまい、一人息子で小学校六年生の幸洋も、少年野球チームの練習と塾の掛け持ちで家を空けたあと、純子は一人で引き出しからまたクロカミを取り出して眺めた。

二月下旬とはいえ、きょうのような快晴の日は、春を予感させる日射しがベランダに面した窓から入ってくる。そのカーテンが少し動くと思ったら、飼い猫が日だまりの中で毛づくろいをしていた。

純子は、ノートパソコンを持ち出すとダイニングテーブルの上に広げ、インターネットのブラウザを起動した。お茶とお茶菓子も用意したのは、パソコンのそばをしばらく動かないつもりだからだ。

「ミミ、おいで」猫を膝に呼び寄せると、いつものコミュニティ・サイトにログインした。


けっきょく純子が夫と話ができたのは、法務省へ出頭する二月二十六日の前日、夫が久しぶりに休みをとれた二十五日の水曜日になってからだった。クロカミが届いてからまる一週間経っていた。

修一は、クロカミを手にしたまましばらく何も言わなかった。

「断るんだろう?」夫は不機嫌に言い放った。

「そんな簡単なことなら、はじめから相談もしないわよ」

「行かないと、どうなる?」

「国民の義務なんだから、正当な理由なく行かなかったら、義務不履行税を課されますって書いてあるでしょう？」

「罰金か？」

「みたいなものでしょ。とにかくこの税額計算式を見ると、うち程度の所得でも五十万近くとられる計算よ。来年は幸洋が中学に上がるんだし、払える訳がないでしょ？　それに、出頭しろと言われているだけで、まだ単に候補者に過ぎないの。執行員になると決まった訳でもないのに、そんな大金払うなんて馬鹿げているわ」

「それもそうだな」

修一はもう興味を失ってしまったかのように、ダイニングテーブルに広げた新聞の上にのっかった猫のミミを追い払い、テレビ番組欄を眺め始めた。その様子に、純子はこれ以上何を言う気力も失ってしまった。

「執行員になると決まった訳じゃない」という純子のひと言で、夫はもう考えるのをやめている。修一には昔から、よくいえば楽天的、直截にいえば物事を深く突き詰めずに都合よく考えるいい加減さがあった。そんな夫に苛立ちを覚えることもある純子だが、この時は修一の能天気ぶりを責めるよりも、それにのっかって自分もそれ以上あれこれ考えるのをやめてしまった方が楽ちんだ、という気分が勝った。

それにしても、死刑執行員になる人って、年間何人くらいいるのかしら？　その人たちは「その後」どんな生活をしているのかしら？　まわりの人には知られてしまうのだろうか？

専業主婦の自分は多分、夫以外の他人に知られる気遣いはないかもしれない。でもネット・コミュニティには、すでにこのことを書いてしまった。ネット上は年齢・職業・住所不詳の「ミミ」に過ぎないから、クロカミが来たって書いても平気だと思ったが、たちの悪い冗談だと受け取られているかもしれない。みんな、口ではお気楽そうなことを言っていたけど、わたしを見る目が変わってしまったんじゃないだろうか。

ちょっと軽率だったかも、という軽い後悔の念が浮かんでくる。でも、みんなどこまで本気にしたのかしら。

ミミのコミュニティ・サイト

Subject：クロカミ来ちゃいました。

ミミ　200X 年 02 月 19 日　23:10

来ました。わたしんとこへ。まじ、クロカミ。何年か前に新しい法律ができて、死刑の執行は、一般市民の中から抽選で選ばれた人が行うことになったの、知ってますよね。
で、わたしのところに、その当選通知（って何か変だけど）が来ちゃった訳です。ミニロト毎週買ってるのに、当たったことありません。なのに、どうしてこんなのが当たっちゃうの？
今度の木曜日に、法務省に来なさいってお知らせです。行くとどうなるの？　ミミはちょっとばかり不安です。死刑囚の首にロープかけて引っ張れなんて言われても……わたしにできるかしら？

ゴルゴダ　200X 年 02 月 19 日　23:12

こんばんは。ミミさん。クロカミを届けに来たのは、クロカミヤマト？
なあんて、ちょっと不謹慎。ゴメン。ハンセイ。でも、今は首吊るんじゃなくて、注射でやるらしいよ。

トッピー　200X 年 02 月 19 日　23:18

ども。オバンです。クロカミ来ちゃったら、やるしかないらしいですよ。断ると逮捕されるって話です。
死刑囚ってよほど悪いことしないとなれないよね。そのくせ、死ぬ時までミミさんみたいな心優しい人に嫌な思いをさせるなんて、太い野郎だね。つくづく。

チャーチャン　200X 年 02 月 19 日　23:25

クロカミって、正式には「刑法修正十一条に基づく執行員候補者召喚状」っていうんだね。今法務省のＨＰ見たら、そう書いてありました。

ミミ　200X 年 02 月 19 日　23:28
確かにそういう長たらしい名前でした。

ゴルゴダ　200X 年 02 月 19 日　23:31
中国では、銃殺なんだって。それで、死刑囚の遺族にタマ代の請求書があとから行くらしい。

トッピー　200X 年 02 月 19 日　23:32
考えてみたら、死刑だって金がかかる。タマ代の請求くらい来たっておかしくないでしょ。鉄道自殺した人の遺族にも、損害賠償請求が来るって話だし。

チャーチャン　200X 年 02 月 19 日　23:33
それは嘘だ。請求が来た例はないらしい。
でも、死刑するのに金かかるくらいなら、終身刑にして死ぬまでこき使って賠償させた方が世の中のためじゃない？

トッピー　200X 年 02 月 19 日　23:43
同じネトコミの人にクロカミが来るって、何か不思議な感じ。さっきググってみたら、死刑が注射になったのって、国民死刑執行法ができたのと同じ時かららしいです。アメリカではずっと前からやってたらしいけど。

ゴルゴダ　200X 年 02 月 19 日　23:57
日本は、江戸時代は獄門さらし首とか磔とか武士は切腹とか、いろいろあったけど、明治以降は縛り首だけになっちゃったらしい。
昔は、崖から突き落とす、馬や牛に両手両足を引っ張らせる、水に漬けて溺れさせる、のこぎりでギコギコ挽く、火あぶり、電気椅子、ガス室などなど、バラエティにとんでいたんだね。こうやって死刑執行方法ってのを歴史的にみると、人間の創意工夫や知恵には限度がないってあらためて感心しちゃうね。（爆）

チャーチャン　　200X 年 02 月 20 日　0:03
イスラムの国では、今でも石打ちの刑ってやってるらしい。穴に身体を半分埋めて動けなくしておいて、まわりからみんなで石を投げて殺す。しかも、死刑を宣告した裁判官が、最初の石を投げるって書いてあるサイトがあった。これ、ホントならマジすげぇ。

ゴルゴダ　　200X 年 02 月 20 日　0:07
裁判官が自分で石投げるって、筋通ってるよね。こいつが生きてちゃ正義に反するって決めたのは、裁判官なんだから、自分で率先してやるっきゃないだろ？

ミミ　　200X 年 02 月 20 日　0:09
だよね。日本でもそうすればいいのよ。

ゴルゴダ　　200X 年 02 月 20 日　0:10
残念ながら、日本人には、そんな度胸ある裁判官いねぇな。

トッピー　　200X 年 02 月 20 日　0:13
でも、誰かがやらなきゃいけないんだし、国民の代表なんだから、考えようじゃ、かっこいいことじゃないかな。ミミさん、尊敬しちゃいますよ。

チャーチャン　　　　　　　　200X 年 02 月 20 日　0:14
言うのは簡単。他人事だと思って。

ミミ　　　　　　　　200X 年 02 月 20 日　0:15
チャーチャンさんとゴルゴダさんの話聞いて、なんか腹立ってきたわ。二人に、じゃないですよ。ほんと、なんでわたしにやらせるのよ。死刑って決めた人たちが自分でやればいいじゃない。自分で判決決めたら、そこまで責任とれよっていいたい。

ゴルゴダ　　　　　　　　200X 年 02 月 20 日　0:16
ミミさん、けっこうカゲキですね。

ミミ　　　　　　　　200X 年 02 月 20 日　0:17
まじに想像すると、やっぱ寝られなくなりますよ。不眠が続くと、多少はカゲキにもなるわ。とっくにグーグー寝ている亭主の顔を見ると、なおさらね。

トッピー　　　　　　　　200X 年 02 月 20 日　0:21
想像し出すと、確かにけっこう怖いですよね。僕も不眠がうつっちゃいそうです。けっきょく悪いのは死刑になるようなことをやった奴でしょ？　そんな奴のために、われわれ一般市民が苦しんだり嫌な思いをするって、どっか変ですよ。最後くらい人の手を煩わさずに、すっきり自分で死んでくれればいいんだよ。

チャーチャン　　　　　　　　200X 年 02 月 20 日　0:23
そんな都合のいいことは起きないでしょ。でも、砂漠の真ん中にでも捨ててくれれば、直接手をかけなくても死んじゃうよ。飛行機で運んでいって、パラシュートつけて落っことせばいい。

ゴルゴダ　　200X 年 02 月 20 日　0:24
そんな手間かけなくても、パラシュートなしで落とせばいいじゃないか。
昔の処刑方法には、飢え死にってのもあったんだそうです。これなんかだと、どっかに閉じこめてほったらかしにしておくだけでいいんだから、楽ちんかも。苦しむとことか、見たくなければ見なくていいし。

トッピー　　200X 年 02 月 20 日　0:26
見たければ、見てもいいしね。

ゴルゴダ　　200X 年 02 月 20 日　0:27
今やっている注射処刑なんて、あっという間に終わっちゃうらしいよ。見てても大して面白くもなさそう。あっけなさすぎて、被害者の遺族が「殺人犯の方が、殺された被害者よりずっと楽な死に方するんじゃ、浮かばれない」って嘆くほどだってさ。

トッピー　　200X 年 02 月 20 日　0:28
そうか、それもそうですね。やっぱり、死刑囚なんて、それ相応に苦しんで死んでくれないと罪滅ぼしの意味ないかもね。でもミミさんや俺たちみたいな心優しい市民ではいくら相手が悪者でも、ゴーモンかけて殺すなんてできないから、やっぱ昔みたいに専門の処刑人が、ヒーヒー言わせてから殺すってのがいいのかも。

ゴルゴダ　　200X 年 02 月 20 日　0:30
昔の処刑人の中には、自分の仕事や技術に誇りをもっていた人も多いんだよ。拷問も処刑の中のメニューにちゃんと入ってたから、途中で死なないように加減しながらメニューを全部こなしてから死なせるのも、彼らの技術だったんだ。単なる残虐趣味でできるこっちゃない。社会を守るための大事な汚れ仕事だよ。

トッピー　　200X 年 02 月 20 日　0:32
ゴルゴダさんなんて、案外やってみたい人じゃないの？　死刑のことやたら詳しいしさ。

ゴルゴダ　　200X 月 02 月 20 日　0:33
あぁ、そうかもね。悪いですか？　世の中、きれい事だけじゃすまないってこと。

トッピー　　200X 年 02 月 20 日　0:34
別に悪いなんて言ってませんよ。わたしは最初から、ミミさんが執行員になったのって立派なことだし、頑張って欲しいって応援してるんだから。

ミミ　　200X 年 02 月 20 日　0:36
いけない、もう日付が変わっているわ。一応主婦ですから、朝早いので、もう寝ます。それから、誤解しないで。まだ執行員に決まった訳じゃないの。候補者として呼び出し状をもらっただけだから。決まるのは今度の木曜日に法務省に出頭してから。じゃ、皆さんオヤスミ。

夢

覚醒と睡眠との境界は、必ずしも画然としたものではない。自分の膝を抱き、アルマジロのように丸まって身体を折り曲げた三宅は、その境界線をずっとたゆたっていた。

医務課から処方されたハロペリドール（興奮抑制作用をもつ強力な向精神薬）の作用も影響していたのは間違いない。時々、驚くような大きないびきをたてた。だが、その表情は熟睡しているにしては、しばしば大きな感情の起伏を示した。

三宅が見続けているものは、確かに夢としか呼びようのないものだった。だがそれは、果たして通常の生活の中で見る夢と同じシステムが生み出したものだったろうか？

三宅は、すでに三十分以上物陰にたたずんでいた。師走の深夜の寒気は足もとから全身に這い上がり、歯の根が時々カチカチと鳴るほどだったが、同時に額にはうっすらと汗がにじんでいた。

住宅街の中を突っ切り、県道とそのバイパスとをつなぐ二車線ほどの道路を挟んで、中井酒店の店舗兼住宅は、数時間前の騒ぎも忘れ、すでにひっそりと眠りに落ちているようだった。三宅が身を隠しているのは、店舗入口の真向かいにある小さな緑地の一本の木立の陰だった。進入経路はすでに何度も頭の中で反復されていた。それどころか、彼の想念の中では、すでに中井朝子とその両親は数回も面罵され、数回も殺害され、数回もその遺体を陵辱されていた。

その空想は、三宅を責めさいなんだ。彼らを思い切り罵倒し、力づくで彼らの非を認めさせ、三宅をないがしろにすることがいかに許し難い大罪であるかを彼らに思い知らせることは、三宅にとって大きな満足をもたらすはずだった。だがそのために要する肉体的・精神的な負担もまた、軽視しがたい重圧として今彼にのしかかっていた。

三宅は、中学生の頃万引きをしに入った書店での出来事を思い出した。

目をつけた漫画本を何気なく平台の一箇所に集め、手にした学生鞄の中にすべり込ませる一瞬の機会をうかがう。レジに座った書店主は、うつむいたまま膝の上の書物に読みふけっているようにも見えるが、小さな書店にとって、万引きは子どもの悪戯ではすまない深刻な被害のはずであり、三宅のような中学生に気を許していると考えるのは危険だった。

「やめようか」という迷いが三宅の中にすべり込む。そして、何度かの逡巡の末、やめようと決めた瞬間に、今までの張りつめた緊張感が一気に意味を失い、口笛でも吹きたくなるような安堵感に満たされる。そんな時、彼はわざわざレジにいって、買う気もない雑誌の入荷予定日を尋ねたりして、書店主と口をきいた。もし万引きをしてつかまっていたら、こういう平然とした会話を交わすことはできなかったであろう相手と、何事もなく平穏な会話を終えて書店を退去することに、嘘のような解放感が伴っていた。

「やめようか」やめてしまえば、今三宅の全身を震え上がらせている重圧と恐怖から一気に解放され、心配事は、凍える寒さの中、始発電車が出るまでの数時間を深夜喫茶一つ見つけることもできそうにない郊外の私鉄駅前でどう過ごすか、ということだけになる。何とお気楽な悩みだろうか。

しかし、今これを「やる」ことを断念するのが容易なことなら、中井家をいったん飛び出してから数時間も、この近辺をうろつき回り、ここにこうして戻ってくることもなかったはずだ。

「これは宿命なのだ」という声が、もう一方で三宅のかじかんだ耳に吹き込まれ続けていた。

「やるしかないのだ。俺の人生は、これをやらなければケリがつかないのだ」

この声が三宅を圧倒したのは、ほんの一瞬だけのことだった。その一瞬に、すべてが終わっていた。

夢——承前

三宅は今、事件を起こした直後に舞い戻った生まれ故郷のF県F市にいる。

師走も押し迫って、商都であるF市には活気があふれている。世の中の景気もまだよかったから、忙しげに行き過ぎる人々の表情も明るく、クリスマスイブを翌日に控えた日曜日、F市一番の繁華街は、家族連れや若いカップルの買い物客で賑わっている。

今彼は、そんな市街の一角にある場外馬券売り場にいる。
七、八レースと負け続け、第九レースはこの日のメイン、そして平正二年の競馬を締めくくる最後のGI、有馬記念だ。
四番人気までの馬の単勝が十倍を切る接戦で、三宅はその四番人気のオグリキャップを買うべきか捨てるべきかを迷っている。

生まれて初めて馬券を買ったのも、このF市の場外馬券売り場だった。まだ十七歳の時だ。連れてきてくれた兄貴分のチンピラが得意そうに喋る予想講釈を無視して、誕生日の一月六日にひっかけて買った1－6の枠連がまぐれ当たりして、一万円札が十倍以上に増えた。そのほとんどは、一緒にいったチンピラたちにおごらされて消えたが、それで競馬の味をしめてしまった。賭け金が増え、負けも増えたが、もともと今この瞬間にいくら現金が手元にあるかしか頭にない三宅には、そんなことは関係なかった。負ければどこかで恐喝《カツアゲ》して、また次の週末に場外馬券売り場に通った。

今さらF市に何がある訳でもなかったが、行き場を失って逃走することだけが目的となった時、足は自然にこの町に向かった。

おそらく、まだ自分が殺人犯ではなかった時代を過ごした町を最後に見ておきたかったのかもしれない。逃げおおせるとは思っていなかった。奪った金額も中途半端だった。もっと大金なら、長期の逃亡を試みたかもしれないが、二十万程度では三日で使っても一月もたせても大差はなかった。F市に着いてから数日で、もう手持ちは半分近く減っていた。

場外馬券売り場に来た心の中には、残った十万ほどの金を、長期の逃亡資金に変えたいという願望がある。競馬で勝てば、もう少し逃げ延びられる。負けてしまえば今夜泊まるホテル代さえなく、どこかで凍えながら警察官から不審尋問でも受けるのを無防備に待つしかない。

投機的な夢想と投げやりな諦観との間を行き来することは、三宅のこれまでの人生そのものだった。馬券売り場はその終着点にふさわしいかもしれない。

オグリキャップにはずいぶんと思い入れがあった。地方競馬の笠松出身で、血統という言葉の代名詞でもあるサラブレッドの世界で、けっして良血ではないこの馬が中央競馬に移籍してからも連戦連勝を続ける姿は、地方都市出身でうだつのあがらない自分が、いつか他人を見返してやる、という夢と二重写しにするのに恰好の対象だった。

そのオグリキャップは、ここ何走も人気を裏切り続けていた。六月の宝塚記念で単勝一・二倍の圧倒的一番人気を裏切り、勝ったオサイチジョージから四馬身近くも離された二着に甘んじ、十月天皇賞六着、十一月ジャパンカップ十一着と大敗した。これまでの戦績がめざましいだけに、それは目を覆うものだった。オグリが負け続けることは、自分の人生にも、もう先がないことを象徴しているように三宅には思えた。

有馬記念は、オグリキャップの引退レースでもあった。アイドルホースの最後のレースにもかかわらず、単勝五・五倍、屈辱的な四番人気に甘んじている。

オグリが勝つことで、自分の人生もまだまだ逆転できると思いたかった。

「まずオグリの単勝。それに四枠からの三〜四点の流しでいける」

そうだ、オグリキャップが勝ちさえすれば、俺の人生もまだ逆転が可能だ。

有馬記念の発走が近づくと、場外馬券売り場の喧噪は頂点に達した。血走った男たちが予想新聞を片手に集団で躁状態になっている様子は、師走の街のあわただしさとはまた別世界のものだ。

武豊を鞍上においたオグリキャップは、中団五、六番手の好位を進み、第四コーナー過ぎ、外目から先団に並びかけた。直線半ばで先頭に飛び出し、そのまま押し切ってゴール板を駆け抜ける。絵に描いたような完璧な勝利だ。

三宅の手には、オグリキャップの単勝五万円と、二着メジロライアンの三枠への枠連3－4の馬券二万円が握られている。払い戻し金は四十万円以上になった。

そうだ、この四十万を次のレース、京都九レースでトウカイテイオーの単勝に全部注ぎ込めばいい。このあと、皐月賞、ダービーを勝った時は断然の一番人気で単勝二倍以上ついたことのないこの馬も、まだ新馬戦を勝ったばかりで、単勝五倍以上ついている。四十万の五倍、二百万になれば、どこにだって逃げられる。オグリキャップが勝つことも、トウカイテイオーがこのあと連戦連勝を重ねることも、分かり切ったことではないか。

そうだ、それは今にしてみれば、分かり切ったことだった。——熱狂の頂点ですべてが暗転し、三宅は呆然と立っていた。

あの時、最後まで迷ったあげく、オグリキャップを消して一番人気のホワイトストーンからの流し馬券に有り金のほとんどを注ぎ込んでいた。

連をはずすことはないと信じたホワイトストーンは、メジロライアンにクビ差遅れて三着。オグリキャップの奇跡の復活劇に騒然とする場内で、逃走資金は一瞬にして紙くずと化していた。

競馬で有り金をはたく、という形でしか自分の愚かさも、殺人犯として追われる身のどん詰まり状態の確認もできないことを、生まれて初めて本気で悔いていたかもしれない。五分前には、残していても何の意味もないと考えていた十万ほどの金が、今はそれさえあれば、少なくとも一週間は逃亡を続け、その間にまた何かの幸運をつかまえることもできたかもしれない貴重なものに思え、悔恨に責めさいなまれた。

やけ酒さえ、安い縄のれんで浴びる程度しか所持金は残っていなかった。泥酔して真冬の路地裏で寝込めば、そのまま凍死できるかもしれない。

だが三宅が次の朝目を覚ました場所は、地獄でも、もちろん天国でもなく、その中間、この世という名の煉獄にある警察の留置場だった。

三宅は、単に酔っぱらいとして保護されていたに過ぎず、まだ素性はばれてはいなかった。

その朝はクリスマスイブだったし、F市一番の繁華街を管轄しているこの警察署は、いちいち泥酔者にかまっている余裕などなかった。

三宅は名前と住所と電話番号を書かされ、巡査から小言を聞かされるくらいで、簡単に身柄を釈放されてもよいはずだった。

F市には土地勘があるから、適当に住所を書くくらいのことはできる——はずだった。だが、もう十数年も前から、F市の市街区画が大幅に変更され、住所表記も変わっていること、電話番号も局番が一桁増えていることを三宅は知らなかった。

「嘘書いちゃ、いかんぞ。薬院町はH区じゃなかろうが。電話番号もでたらめやないか」

中年の警官が、三宅の書いたものを放り投げて返し、同時に後ろの席の同僚に目で合図をした。「こいつ、ちょっとおかしいな。一応ちゃんと調べた方がよかけん、もういっぺん留置場に戻しときやい」

鉄格子の中に戻された三宅は、与えられた薄っぺらい毛布を頭からかぶって、ひたすら眠った。この眠りが続いている間だけは、汚れた茶色の毛布が寒さを防いでいる程度には、直面している現実からまだ自分の身が守られていると信じているかのようだった。

次に目覚めたのは、RHU死刑囚監房の簡易ベッドの上だった。

第9章
三月四日　水曜日

リハーサル

「すべてを手順通りに、ことに時間の進行を正確に行うこと。そして、最後まで刑の執行の厳格さと尊厳を保つこと」

国民執行員が果たすべき義務は、このことに凝縮される。これまで法的な問題や死刑および その執行に関わる様々な背景を学習してきた意味は、自分が負う責任の大きさを自覚することによって、この困難な仕事を最後までやり遂げるための精神的準備を整えることにあった。

執行員たちは、今その準備の最後のプロセスとして、処刑リハーサルに入ろうとしていた。

三人は、胸に白いプレートがついた白衣を着せられていた。プレートには名前の代わりに、それぞれA、B、Cという識別符号が書かれている。それは実際の処刑の際に、通常十数名にのぼる立会人たちから執行員のプライバシーを守るためである、と説明されていた。だが同時に、彼らが固有の名前をもった個人であることを廃棄し、「国民」という普遍的な存在となることも象徴していた。

【死刑の執行に関わる標準的動作時限】

午前六時：囚人は、執行室そばの執行準備房に移る。午前八時までの間に、最後の食事および最終面会。

その間に、遺言書を書く機会が与えられ、また本人が望めば遺言をテープに録音することも許可される。ただしこのテープは、拘置所長が適当と認め、かつ法務大臣が許可した者に対してのみ公開される。

午前八時：医師による囚人の最終健康診断。

医師は、執行二時間前のこの時点で、囚人が精神的・肉体的に健常であり、死刑執行に耐えうる状態であることを最終確認しなければならない。

その後、囚人が望めば、教誨あるいは宗教的儀式を受けることができる。

午前八時五十五分：致死薬注入時の痙攣、窒息を抑制するために、囚人に抗ヒスタミン剤を事前投与。

午前九時：囚人にソディウム・ペントタール八ccを投与したのち、執行室へ連行。これは囚人の興奮を抑える作用をもつ。

午前九時十五分までに処刑台に囚人を固定し、静脈に点滴管を固定。

午前九時十五分：生理食塩水の注入開始。これは、血管の通りをよくし、致死薬注入をスムーズに行うための措置である。

午前九時四十五分：立会人が執行室に隣接する立会人室に入場。

それを待って、処刑の責任者である拘置所長が、死刑執行命令書を囚人および立会人に読み聞かせる。

囚人に最後の言葉を述べる機会が与えられる。これは二分間以内と規定されている。この最後の言葉は録音される。囚人が何も述べなかった場合は「最後の言葉の機会を与えたが、死刑囚誰それは、この権利を放棄した」と拘置所長が記録のため口頭で述べる。

午前十時：致死薬注射の開始。

ソディウム・ペントタール、パヴェロン（臭化パンクロニウム剤）、塩化カリウムの三種類の薬剤が、それぞれ十五ccずつ順次注入される（この薬剤の投与量は、囚人の体格等によって、事前に調整される)。

医師による死亡確認ののち、拘置所長が刑の執行の終了を告げる。

立会人の退場。遺体の搬出。

執行員は、死刑囚が入場する十五分前すなわち午前八時四十五分までに、執行室に入場していなければならない。

そのため午前七時に拘置所に到着し、白衣に着替えたあと、医師の面談を受けて執行に差し支えがないことの確認を受ける。

午前九時、死刑囚が看守に連行されて執行室に入る時、執行員は拘置所長の後方の所定の位置でこれを出迎える。

看守が囚人を処刑台に仰臥させると同時に、執行員は両腕と胸部、腹部および脚部を革製のストラップで固定する。

死刑囚の腕の静脈に針を刺す作業は高度の熟練と経験を要するから、専門の執行技官がこれを行う。医師の倫理規定が死刑執行に直接関与することを禁じているから、この技官は医師ではない。だが研修を受け、必要な知識と技量をもっていると認められる契約技術者である。

執行員は、拘置所長が執行命令書を読み始めると同時に、執行室内の薬物注入開始のためのスイッチ盤の位置に移動する。このスイッチ盤には三つのボタンがついており、そのうち作動するのは一つだけである。どのボタンが作動するかは、内蔵されたコンピュータがその都度アトランダムに決定し、作動後、その記録をメモリーから消去する。

従って三名の執行員は、自分が押したボタンが囚人を死に至らしめたものであるか否かを、永遠に知ることはない。また、他の誰もそれを知ることはできない。

三種類の薬物は、自動的に一定の間隔を置いて注入される。

最初のソディウム・ペントタールは、囚人の意識を失わせる。次の臭化パンクロニウムはいわゆる筋肉弛緩剤であり、肺の機能を麻痺させ、呼吸停止に導く。最後に塩化カリウムの注入により心電計が直線に変わり、囚人は不可逆的に生命活動を停止する。

地下一階の、ビリヤード台などが置かれたレクリエーション室がリハーサル用の「処刑場」に早変わりしている。人の背丈くらいの高さのパーテーションが、執行室と執行準備房、立会人室などに見立てた空間を仕切っている。

「今申し上げた手順に沿って、実際の行動練習をやってみましょう」

インストラクターは、これまでの座学の講師とはまた別人で、三人とはこの時が初顔合わせである。だがほかに顔を見知った法務省の役人数名が同席し、拘置所長や看守、囚人の役回りを受け持った。

所長と三人が待つ執行室に、数名の看守に付き添われた囚人がやって来る。と同時に、執行員ＡＢが処刑台の左右に、そしてＣが足もとの位置に移動する。看守たちが囚人を処刑台に仰臥させる。これが通常のベッドと異なるのは、両腕を横に三十度ほど広げた恰好で固定するために、翼のように両側に伸びたアームレストをもっていることである。

執行員Ｃは両脚を、ＡとＢはそれぞれの側の腕と胸部、腹部をストラップで素早く固定する。囚人が抵抗する場合に備えて、看守は一歩下がった位置で待機する。

ストラップの固定が終わると、執行技官が囚人の腕を探り、静脈注射を行うために血管を探す。

致死薬注射による処刑で最も多いトラブルは、静脈注射を行うことのできる血管を探し出せないことである。ことに薬物常用の履歴をもつ囚人の場合、静脈が劣化していて針を刺すことができない場合が少なくない。

処刑台に固定されてから注射針を刺すための静脈を探り出すだけで、一時間からそれ以上を要した事例報告は珍しくない。

この時間は、執行員となる三人にとっても短いものではない。

「手順を繰り返し繰り返し、身体に覚えさせてください。そして、その瞬間瞬間に行っている作業だけに集中してください。他のことはできるだけ考えないように」

単純きわまりない作業、普通なら二、三回もやれば分かってしまう手順を、ただ身体を移動させ、手を動かすだけで頭が何も考えなくなるまで、三人は何十回と繰り返した。

蜘蛛

三宅はさっきから、じっと動かずに自分のベッドの足もとを注視している。白いカバーのかかった粗末な毛布の端を、一匹の小さな蜘蛛が這っていた。一般房なら珍しくもない。だが、このRHUに移って来てから、たとえ虫一匹とはいえ、生き物を見るのは初めてだった。三宅がそっと手を伸ばせば、その蜘蛛をつかまえるのも、指先でひねりつぶすのも訳のないことだった。この小さな生き物は、自分が一人の人間から見つめられていることすら気づいていない。この蜘蛛をこのまま行かせてしまうことも、ひねりつぶしてしまうことも同じ程度に容易で、また同じ程度に無意味だ。

神とは蜘蛛を見ている自分のような存在なのかもしれない、と三宅は思った。神にとっては、俺の生命は蜘蛛の生命と同等なものでしかない。だとしたら、俺を処刑台に送り込んだ神は、ほんの気紛れで俺を死から救い出しても、また何の支障もないはずだ。

子どもの頃、飼っていた雌犬が子犬を生んだ。生まれて数日の子犬たちの大きさは、十数センチ程度しかない。ひたすら母犬の乳房にぶら下がり、全身を蠕動《ぜんどう》させているだけの存在だ。三宅は飽きもせずに、その子犬たちを眺めていた。そのうち、一匹が何かのはずみに母犬の乳房から離れ、ほかの子犬たちに蹴り出されるように、母犬の胸を離れた。

母犬はじっと体を横たえ授乳しているだけで、離れた子犬に気づいていない。

子犬はひたすら体をくねらせ母犬の乳房に戻ろうとするが、まるで見当はずれの方角に離れていくばかりで、悲しげに上げる小さな鼻声すら、母犬に気づいてもらえない。

目の見えない生まれたての子犬にとって、母犬と離れて放り出された世界は無限大の荒野だ。そのまま放置されれば死も免れない。

三宅は手を伸ばしてその子犬を抱き上げ、乳房を争っている子犬たちの間にそっと押し込んで戻した。

　今、ＲＨＵ特別監房の完璧な閉鎖空間の中で、ただひたすら死を待ち受けているだけの三宅の上に、天空から巨大な手が出現し、外の自由な世界へ――互いに無関心な無数の人々が行き交う都会の交差点か、ありふれたどこかの街の小さな舗道の片隅か、あるいは人のまったく住まない辺境の荒野の一角でもよい、ただ誰からも知られず、蛇蝎《だかつ》のように扱われることのないどこかの場所へ運び去ってくれるとしたら――それはとてつもない奇跡なのだろうか？　神にとっては、俺が子犬をそっと抱き上げたのと同じ、何の造作もないちょっとした気紛れに過ぎないのではないだろうか？

　三人もの生命を無惨に奪った俺には、生きる資格がないと人は言う。俺の生には意味がないと言う。ならば、俺の死は、誰にとって、何の意味があるのか？　俺の生が無意味なら、死もまた同様に無意味なはずだ。意味のない生命なら、このまま放っておいてくれ。

　三宅はそっと足を持ち上げ、毛布を這っている蜘蛛がベッドの端から床へ落ちるように誘導した。蜘蛛はすっと糸を引いて、床の上へ降下した。そのまま床をすべるように走って、三宅には見えないわずかな壁面のつなぎ目に姿を消した。

　この蜘蛛はあとどのくらい生き続けるのだろうか？　あるいは三宅の処刑よりも前に、誰かに踏みつぶされるか、より巨大な虫の餌食になるのかもしれない。またあるいは、その生命を気紛れに救った神である三宅よりも、いくぶん長く生命を長らえるのかもしれない。

しかし、三宅の神は、確実に、これ以上ないほど確実に、彼の生命を奪うためのプロセスを進行させ続けている……あたかも神自身が、自由を失ってしまっているかのように。

第10章

三月五日　木曜日

S拘置所

小河真由、光野剛、石巻翔太の三名は、木曜日の朝食がすむと、セミナーハウス一階のロビーに集合した。きょうは「現地」に入り、いよいよ明日に迫った処刑に備える最後の日となる。

ここに来る時は三人ばらばらだったが、今度は全員が一緒に移動するらしい。

「では、そろそろ出発します。いや、玄関からではなく、中庭を通っていく方が便利です」

レクチャ期間中は、冒頭の講義を担当して以降ほとんど顔を見せなかった「統括」が、けさは全員を直接指揮する形で動いていた。彼は真由たち執行員三名とその他数名の職員を率いて中庭に出ると、そのままセミナーハウス裏手の小高い丘の方角へ徒歩で進んだ。

不審に思いながらも彼に続くと、山間の小径を六〜七分も登ったところで、突然視界が開けた。周囲を針葉樹林に囲まれた中に、明らかに人工的に作られた学校の運動場ほどの広さの空き地が広がっている。

そこにはすでに、大型のヘリコプターが一機、駐機していた。

「ひぇー、ヘリとは豪勢だな。僕、生まれて初めてですよ」石巻翔太が声を上げ、カーキ色に塗装された胴体に日の丸が描かれた機体を見上げた。

ヘリコプターは、約一時間半後にS拘置所屋上のヘリポートへランディングした。屋上から、直通エレベーターで幹部職員たちの執務室がある管理ブロックの一室に案内される。

しばらく待機させられたあと、昼食の支度ができたのでおいで願いたい、と呼ばれ、時計を見ると十二時二十分を少し回りかけていた。

S県S市までクルマか列車で移動するものと思い込んでいた三人は、こんな早い時刻に目的地に到着することは予測していなかった。夕刻までは移動だけで費やされてしまうから、もう明日の「本番」まではこれ以上煩わしい行事はないものと思い込んでいた。

真由たち三名は、制服の看守に案内され、同じ管理ブロックの一角にある会議室のような大きな部屋へ案内された。壁面にやたらと多くの油彩画が飾られ、そのテーマもタッチも額縁のデザインも、まったく統一感がない。

いぶかしげに見やる真由に、看守の一人がにこやかに説明する。

「これはみな、当所の絵画クラブ所属職員の作品でして、実はあの漁港の風景画はわたしが描いたものです」

人のよさそうな初老の看守の説明に、真由はただうなずくしかない。

部屋をぐるりと囲むようにテーブルが長方形に並べられ、白いテーブルクロスがかけられている。それぞれの席には、すでに仕出し弁当の黒塗りの箱が配膳ずみになっている。

光野、真由、翔太の順に席に着くと、続いて数名の人物が席に案内されて来た。

制服を来ているのは、ここの幹部職員だとすぐに分かるが、私服の人物たち、ことに三十歳代に見える女性と学生のような若い男、いかにもラフな、セーターにジーパン姿の男性はどう見ても拘置所や法務省の関係者には見えない。その彼らも、真由や翔太たちをいぶかしげに見ている様子だ。

上座にあたる中央の席の背後には、日章旗が掲げられている。その日の丸を背負うようにして席に着いたのが、S拘置所長の上嶋丈一郎《かみしまじょういちろう》。上嶋は五十歳代後半、中肉中背だが目立って猫背だ。その両隣は制服を着た、やはり幹部らしい職員たち。四十歳から五十歳程度と思えるが、中には三十歳代に見える者も混じっている。

真由たちをいぶかしがらせた民間人らしい三人組は、彼らのちょうど正面の席に座った。

「皆さん、きょうはご苦労様です。わたしは総務部長の佐久間《さくま》です。まず、当所の所長、上嶋からご挨拶を申し上げます」

所長の右隣の人物がこう切り出した。それに促され、上嶋が立ち上がった。

今さら分かり切ったこと以外には何もない紋切り型の挨拶が続く中、真由たち三名とその正面に対座した三人組は、互いに相手が何者であるのか、ようやく察しがつき始めていた。彼らはひょっとして、執行員の補欠要員ではないだろうか。考えてみれば、こうした重要な役割で、万一の場合の補欠要員が用意されていないことはありえないように思える。いや、もしかすると、自分たちの方こそ、補欠要員なのかもしれない。

この疑問への回答は、上嶋所長の挨拶が終わるとすぐに、総務部長の佐久間輝之《てるゆき》の口から明かされた。

「皆さんは互いにここで初めて顔を合わせられましたが、執行員は各三名ずつの二班、計六名が選ばれており、最終的には、そのどちらかの班が実際の執行にあたります。それは、当日の朝、決定されます。しかし、補欠要員となったグループも万一に備えて執行室の隣で待機しますので、いずれの方たちも、自分たちが執行を行うという心づもりでいてください」

《今頃になっていったい何なの、自分たちが執行するかどうか、最終的に決まった訳ではなかったって訳なの？》

真由は、自分が執行員に選出された瞬間以上に動揺と怒りを感じた。何とかこの一週間で執行員という役割を受け入れようと努力してきたことが、すべてひっくり返された気がした。

左右の二人もこわばった顔をしていることが、視野の隅で確認できた。

相手が悪い訳ではないのは分かっていても、何だか目の前に座っている三人組が自分たちの邪魔でもしているかのような気分に襲われた。と同時に、彼らの方に役割が回ってしまえば、自分は死刑執行に手を染めなくてもよいかもしれない、という思いが急激に心に持ち上がってくるのを止められない。この期に及んで妙な希望をもたせられることがこんなに苦痛とは、これまで想像できなかった。

気づくと、まわりの人々は仕出し弁当の蓋を開けて食事を始めていた。光野も翔太も、向かいの席の三名も、機械的に箸を動かし始めている。真由もそれに倣った。

教誨

教誨師の林浩二《はやしこうじ》神父が三宅を訪ねてきた。ＲＨＵへ移されてから六日も経過し、執行の前日になってようやく面会がかなった。なぜもっと早く来てくれなかったのか、という思いはあったが、とにかく今は、看守でもなく、親族や事件関係者でもない人物と話ができること自体が救いだった。

三宅が宗教に関心を示すようになったのは、控訴が棄却され、最高裁に上告して一年ほど経ってからだから、十三年近くになる。仏教もキリスト教も教誨を受け続けては来たが、信者ではなかった。どれかの宗派の信者となると、他の宗派の教誨を受けづらくなる。それよりも、あらゆる教誨に出席する方を三宅は選んだ。そうした催しの度に、菓子袋や一杯のコーヒーや缶ジュースなどの嗜好品にありつけることも大きな魅力だったし、三宅自身そのことを隠そうともせず、看守に公言した。だが、それだけで彼の宗教への関心そのものがいい加減なものだったと指弾するのも、必ずしも当たっていない。

「教誨なんて、暇つぶしと菓子袋目当てですよ」という三宅の言葉は、一種の照れ隠しだったのではないかと考える看守もいた。

Y拘置支所にいる間に、三宅は本を読むようになった。宗教に関心をもったことが引き金になったのは事実だが、読書の範囲はそれに限定されなかった。人間性のかけらもない粗暴犯としか見なされない三宅が、自分たちなどよりはるかに熱心な読書家だなどということを、世間の人々は想像もしていないだろう。

ある宗派の教義と他の宗派の教義の間に、彼が見出した矛盾点があると、それを執拗に両方の教誨師に問いただした。扱いにくい囚人だと敬遠する教誨師もいたが、むしろそれを彼の向上心だと好意的にとらえてくれる者もいた。

上告が棄却され、死刑判決が確定したのちも、彼の宗教への関心のあり方に根本的な変化は見られず、最後までどの宗派の信者にもなりきれなかった。

S拘置所に来た最初の日に柘植教育課長と面接した「カウンセリング・ルーム」で、白髪のカソリック神父・林浩二は、入口の方を向いて大きなデスクに席を占め、三宅を待っていた。

三宅は深々とお辞儀をすると、入口側に置かれた粗末なパイプ椅子に腰を下ろした。

林神父は無言で彼を見つめ、三宅も神父を直視したまま十数秒が経過した。

三宅がいささか息苦しくなって何かを言おうとした時、神父が口を開いた。

「あなたが犯した罪は、今ようやく赦されようとしています」

七十歳前後と思われる林の声は、肺から喉を通過する間に耳障りな雑音が混じった。だが、甲高く一気に吐き出された言葉自体は、明瞭に三宅に届いた。その声の調子も、その言葉の意味することも、三宅の予想しえる範囲を逸脱していた。

「神父様、わたしの罪がどうして赦されることがあるのでしょうか」

三宅は、小柄な神父を見下ろさないように上半身を窮屈に折り曲げ、林の落ちくぼんだ眼窩を下から見上げるように尋ねた。

「人は赦さぬかもしれません。しかし、大切なのは神のお赦しを乞うことです。そして、神は赦しを乞う者をけっして拒まれません」

「わたしは、自分の愚かさを何万回も後悔し続けてきました」三宅はふたたび息苦しさを感じ、心臓の鼓動が自分自身に聞こえ始めたのを意識した。「でも、正直に申し上げれば、わたしが生命を奪った三人の方たちのことは、その何分の一、いや、何十分の一しか考えてこなかったかもしれません。それは自分が一番よく知っています。自分自身の人生を自分で台無しにしたことを悔いてはいても、被害者のことは、いわばそのついでに後悔しているに過ぎないのです。だから、わたしが死んだくらいで、人が赦してくれないのは分かります。わたしが後悔するのは、被害者のためではなく自分への憐憫です。わたしは後悔の言葉を口にするたびに自己愛という罪を重ねているだけなのです。そんなわたしを神はお赦しになると言われるのですか」

処刑を明日に控えた三宅は、もう何を言いつくろい、自分を偽る必要もない。だから、自分は罪を償うことなく、ただ無意味に骸《むくろ》となってこの世から消え去るだけであるのなら、ただそれを確認したいと願った。

「お前の死は、お前の生そのものと同様に無意味である」と神父から言って欲しかった。そうすれば、もはや死を恐れることもなく、ただ死の床に横たわる数十分間の恐怖に耐えることだけを考えればよかった。

「わたしが死ぬことで罪が償えるのでしょうか？　わたしの死に何かの意味があるのでしょうか？」

林神父はふたたび沈黙した。三宅はその沈黙の意味を何とか推し量ろうと試みた。

この人は信頼するに値するのか？　この人は明日殺される俺に何か言うべきことをもっているのか？　それとも何もないことをとりつくろうための、もったいぶった沈黙なのか？

初対面の人間、まして愚かな犯罪者のなれの果てなどに心の奥やその人間性を見透かせるような老人ではないことを知りつつも、三宅は神父の眼を凝視した。

「あなたが死んでも、罪は償えない」林が答えた。「だからこそ死刑が存在するのです。分かりませんか？」

三宅の目をまっすぐ見返しながら林は言葉を継いだ。

「人は罪の償いを求める。だがあなたの犯した罪は償えない。だから人はあなたを赦しはしない。人間にはあなたを赦す力などない。神だけが、罪人《つみびと》を罪人であるままにお赦しくださる」

「それと死刑とに、いったい何の関係があるのです？」

「キリストは、人々の罪をあがなうために十字架にお上りになった。自らが死刑になることで、人々の罪の赦しを神に乞うてくださった。いや、人々が罪人であり続けながら存在することの許しを乞われたのです。キリストのこの願いを神が受け入れた瞬間に、死刑は神によって祝福されました。死刑は、人の行為を神の御技《みわざ》とする崇高な儀式となったのです」

神はキリストという犠牲を受け入れ、死刑を受け入れた。言い換えれば、犠牲なしには罪は赦されないことを宣告した。

血を求めたのは神であり、血を流したのは、人の子である。

「あなたが死んでも、罪は償えない」林は繰り返した。「あなたの死に意味はない。意味は、死刑が執行されるということにある。執行の翌日、新聞記事にあなたの名前が出るでしょう。しかし、二十年近くも前の事件をどれだけの人が覚えていますか？　死刑が執行されたことにニュース価値があるのであり、あなたの名前はその記事の修飾語に過ぎない」

「それだとまるで死刑になるのはわたしでなくとも、誰でもよいように聞こえます。わたしの死が無意味なら無意味でよい。死はしょせん自分が無になること。でもたとえ無意味な死でも、死ぬのはわたしなんです。わたしにとって意味があるのは、死ぬのがあなたでも、見知らぬ誰かでもなく、わたしだということ、そのことだけです」

「まだ分かりませんか？　あなたは死ぬのではない。死刑になるのです」林が答えた。「だからこそ、あなたの死は、単にあなたの死であることはできない」

「わたしは信者でもないし、むずかしい話や神学問答は分かりたくもない」

三宅の中で、言いようのない怒りと焦燥が一気に生まれ、下腹部から心臓を目指し、さらに脳髄の中枢部にまで奔流となって昇っていった。

背後で何かの気配がした。この部屋では林と二人だけだと思っていたが、三宅の後ろのドア一つ隔てて警備の看守が待機していること、おそらくこの部屋もモニターされているに違いないことを、三宅はようやく悟った。勢い込んで席を立った彼の口から、罵声に近い声が上がった。

「神の赦しに何の御利益があるんだ！　天国とか、永遠の魂とか、いくら殺される前だといっても、そんな子ども騙しを今さら信じるくらいなら、とっくに悟りを開いているぞ」

「神はお赦しくださる」林は動じずに、立ち上がった三宅を見上げて言った。「赦しを乞う者には赦しをお与えになるのです」

「それなら、生命を助けてくれるのか？　キリストをさえ十字架の上で見捨てた神が、俺を救ってくれるのか？　それとも俺も三日目に復活でもさせてくれるのか？」

林は、全身をわななかせるような所作を見せた。それが三宅への憐憫を示すのか嫌悪を示すのか、瀆神への畏れを示すのか、三宅には理解できないし、どうでもよいことでもあった。

三宅のわめき声が限界を超えた。ドアが勢いよく開けられ、警備隊の看守たちがなだれ込んだ。看守の一人が手にしたテーザー銃*の照準が、ぴたりと三宅に合わせられ、赤色レーザーのポインターが、彼の額の上でかすかに揺れた。三宅はそのまま両手を後ろにねじ上げられ、引きずられるように独居房へ連れ戻された。


*ワイヤのついた電極を発射するスタンガンの一種。暴動鎮圧などに使用される。

テーザー銃を持った若い看守は、三宅を房に放り込む直前、銃口を彼の顔面に向け、まるで銃を発射した時の反動で跳ね上がるかのように、一、二度手首を上下させた。そして西部劇のカウボーイを気取るかのように銃口に息を吹きかけ、硝煙を吹き払うしぐさをして、にやりと笑った。まわりの警備隊員たちの顔にも、一様に嘲《あざけ》りの薄ら笑いが浮かんでいるのを、三宅は見逃さなかった。

独房のベッドに押し倒されるように転がり込んだ三宅は、しばらくうつぶせのまま動かなかった。ようやく身体の向きを変え、顔を天井に向け直すと、やがてぼんやりとした考えが浮かび上がった。S拘置所に来てから、何人の人間と会っただろう？

最初の一週間を過ごしたGHU（一般房）で出会った長谷部とかいう小柄な雑役夫のコソドロは、好奇心をむき出しにしていた。同じ囚人という汚辱にまみれた地位にあっても、かりそめにも釈放という出口をもった懲役囚と死刑囚とでは、雲泥の差だ。死刑囚に較べれば、どんな長期刑も、どんなみじめな日々の積み重ねも、それが終わる日がいつか来る、というただ一点で、はるかに耐えやすいものに見える。死刑囚にとって、監獄からの出口は、人生そのものの出口にしかない。

死刑囚は、長谷部たちにとって、自分の立場を幸運なものと思わせてくれる唯一の目に見える存在なのだ。

先週の金曜日、死刑執行期日を宣告した拘置所長は、どんな顔をしていたかさえ、ずきずきと痛む頭では思い出すこともできない。平然と早口で執行期日を言い渡した。

その瞬間に一人の人間の人生が終わる時刻をあらかじめ宣告することができるとは、神になった気分にでもなるのだろうか？

その後、俺をこのＲＨＵまで連行してきた看守たち。若いのも年寄りも混じっていた。奴らは俺を死の家まで運び込んだあと、どんな日常に帰っていったのか？

柘植教育課長、だまし討ちのように俺を母親の前に引き出そうとした。母親、俺をこの屈辱と恐怖だらけの人生に送り込んだ女。

そして林神父。看守どもは俺の肉体を、そしてこの男は俺の精神を、死刑台に運び込もうとしている。

彼らは、それぞれが与えられた役柄を一つずつ確実にこなしながら、舞台を着実に台本通りに進行させるために次々と自分の前に登場しては、舞台そでに消えていく。

彼らが一人ひとりと順繰りに前を行き過ぎていくごとに、確実に死刑執行のシナリオが進行する。

そうだ、悪い冗談でも絵空事でもなく、間違いなく、正確にすべての物事が進行している。その一つひとつが、俺を明日の朝十時ゼロ分に殺すという一点へと確実に収斂するための行為として、意識的に遂行されている。逃れようのない死の前で錯乱することさえ許されず、少しでもシナリオの進行を乱すことは、テーザー銃のレーザー照準器が放つ針の先ほどの赤いポインターだけで、手もなく鎮圧される。

一秒ずつの時の経過の中に、丹念に埋め込まれたプランを確実にこなしている一つずつの行為が、すべて俺を殺すために働き続けている。全世界が結託して、他の誰でもなく俺の死を、逃れようのない確実なものにするという単一の目的のために動いている。

俺の呼吸の一つひとつをとらえ、心拍数と発汗量を正確に測定し、寝返りをうつ時のシーツの衣擦れの音さえ捕捉する各種のセンサー、わずか三メートル四方ほどの空間内での俺の動きに合わせてかすかなモーター音とともに微妙にフォーカスを変化させる監視カメラ。彼らもまた、明日の朝十時ゼロ分に俺の生命を奪うために忠実に働き続けている。

俺を殺害するという単一の目的と無関係に身の回りに存在するものは、あの蜘蛛一匹だけだったらしい。

今、俺を蜘蛛のように手もなくひねり潰そうとしている奴らは、天空の神の眼からではなく、監視カメラのモニターから俺を観察している。巨大な腕を伸ばして俺を絞め殺す代わりに、真っ白なシーツで覆われた処刑台に向かって、半透明のチューブをのたくりながら数メートルの距離を近づいて来る液体だけで、すべてを終わらせることができる。すべてが不可視の自動制御装置の動作のように流れ去り、あたかも人間の意志や感情など、どこにも入り込む余地がないように見える。監視カメラは見えても、そのモニターを覗いている人間の顔を見ることができないように、俺には腕に突き刺さる注射針は感得できても、処刑スイッチを押す人間の顔は、どんなに目を凝らしても見えない。

いや、たとえ見えたとしても、それは人間の顔とは言えないノッペラボーな仮面に過ぎないのかもしれない。そいつらは、何と籤《くじ》で選ばれて俺の処刑人役を与えられた連中なのだ。おそらく彼らは、看守たちのように制服を身にまとってすらいないだろう。人間の生命を剥奪する特権的地位を持ちながら、それを制服によって表象し、自分を他と識別することさえ免れ、どこにでもいる一市民として俺を殺害しにやって来る。

国民死刑執行法が、死刑囚自身にとって何を意味しているのか、三宅は土壇場になるまで何も考えていなかったことに、自分でも愕然とした。狼にかみ殺されようが、羆《ひぐま》の前足に引き裂かれようが、死に変わりはないとしか思っていなかった。

だが、彼らは狼でも羆でもなく、健全なる市民社会の住人たちだ。そして、平穏な生活、家族や幸福で成り立つ彼らの世界を防衛するために、彼らの共通の敵、矯正不能な犯罪者どもを、市民社会から駆除しにやって来る。

彼らと俺たちの間には、絶望的な理解不能性が画然と敷かれ、処刑はその隔絶の最終確認であり、また完成である。

職業として処刑スイッチを押す下級看守たちには、まだしも俺たちが何ものであるか、少しは理解できる可能性があった。それは、俺たちが処刑されるまで、彼らが何年も、時には何十年も俺たちのそばにいて、俺たちと同じ日常を共有するからだけではない。彼らが、国家の末端装置として作動する以外にない存在だからでもある。殺されることに選択の余地を与えられていない俺たちと、殺すことに選択の余地を与えられていない彼らには、見知らぬ他人とは言えない共有関係がある。

だが、市民社会と国家の境界がいつの間にか決壊し、俺たちと看守たちとのそうした麗しい関係性すら押し流し、すべての相対性や個別性を呑み尽くす絶対的正義の氾濫が始まっていた――すでに何年も前から。

儀式

気まずい沈黙の昼食を終えると、六名の執行員たちは拘置所長との「懇談」という名目で、別室へ案内された。死刑の執行を前にして「懇談」もないだろう、と真由は思ったが、ここまで来てしまったら、すべて相手が敷いた軌道に乗って動く以外に、身の処しようがない。

殺風景な会議室風の部屋の上座に所長の上嶋が座り、その右隣に、四十歳前後に見えるがっちりした体躯の制服姿の男が座った。もう一人、昼食の席にはいなかった黒い背広姿の男が、所長の左隣に席を占めていた。

彼らの背後の壁面には、大きな日章旗が掲げられている。

「教育課長の柘植と申します」制服の方が立ち上がって挨拶した。「本日はご苦労様です」

柘植課長が執行員をねぎらう短い挨拶をしたあと、上嶋所長が口を開いた。

「挨拶はここらにして、大切な仕事を明日に控えているんだから、できるだけ手短にやりましょう。佐藤君、ご説明をして」

指名された三十代半ばの制服が立ち上がり、所長に一礼してから、執行員の方に向き直り、説明を始めた。

「これから明朝の執行までのタイムテーブルは、すでにご説明されていると思いますから細かいことは省略します。明日の朝は午前七時までに当所に入っていただきます。今夜は当所に付設されたゲストハウスに宿泊していただきます」

ここで一呼吸おいてから声をあらため、佐藤は言った。

「本日は、ただ今からここで執行員としての正式な任命式を行います。ごく短時間の簡単な行事ではありますが、皆さんが日本国民の代表として、死刑執行という重要な任務を果たされるための式典です。どうか、厳粛なお気持ちでお臨みいただきたいと思います」

佐藤がこう言ってふたたび所長に一礼して席に着いた。

上嶋所長とその隣席の黒い背広が立ち上がり、くるりと後ろを向いて執行員六名に背中を見せた。

「国旗に対してー」独特の抑揚で「て」を長く伸ばしながら、佐藤課長が号令をかけた。

「敬礼！」

室内の全員がいっせいに腰を折り曲げ、測ったように同じ角度で礼をした。

肝心の執行員たち六名は、予期しない展開に、戸惑ったように頭だけを少し下げた者、とりあえず条件反射のように他の人々に倣って腰を深々と曲げた者など、室内で彼らのいる場所だけが不調和な動きを見せた。

真由は反射的に頭を少し下げたあと、まるで無理やり何者かの手が自分の首をつかんで押し下げたかのような屈辱感と不快感を覚えた。

彼女の目は、隣の光野剛が頭を下げなかったこと、そして若い石巻翔太が、むしろ屈託なげにぺこりと頭を下げたのを視野の片隅で見逃さなかったが、自分の知らない残り三名の様子は目に入らなかった。

所長がふたたびこちらを振り向くと、隣の黒い背広姿の男を、初めて執行員たちに紹介した。

「こちらは法務省から来られた恩田《おんだ》検事です。きょうは内閣総理大臣代理としてお見えになっています」

恩田検事が初めて口を開いた。

「執行員の皆さん、法務省の恩田です。内閣総理大臣と法務大臣からの皆さんへの感謝の気持ちをお伝えします。皆さんがこれから遂行されようとしている任務は、国家と国民にとって、なくてはならない仕事であり、誇りと責任感をもって立派にやり遂げていただきたいと思います」

その言葉を佐藤が引き継いだ。

「では、これから宣誓書を読み上げ、署名していただきます。朗読は、池谷聡さん、代表でお願いします」

指名を受けた池谷は、驚くこともなく前に進み出て佐藤から渡された一枚の紙を日章旗に対面して読み上げた。

「わたしたち国民執行員は、日本国民の総意にもとづき、法に則って下された死刑判決を厳粛かつ確実に執行するため、国民としての義務を喜んで果たすことを誓います。平正二十一年三月五日　池谷聡」

「では、これからお一人ずつお名前を呼びますので、前に出て、宣誓書にそれぞれ署名の上で、任命書を受け取ってください」佐藤課長がこう引き取って続けた。「ではお願いします」

佐藤から名簿を手渡された上嶋所長が最初に読み上げたのは、秋川純子たちのグループだった。

「池谷聡さん」

「谷脇亮平さん」

「秋川純子さん」

三人が次々に恩田の前に進み出て、宣誓書に署名し、任命書を受け取った。

自分は最後に呼ばれるわ、と真由は思った。今のグループも女は最後だった。

「光野剛さん」

「石巻翔太さん」

「小河真由さん」

やっぱり、と真由は思った。そして自分の名前が呼ばれた瞬間、晒し者になったような居心地の悪さを感じた。任命書を手渡し終わった恩田が何か短い演説をさらに続けたが、真由の耳にはほとんど入っていなかった。

第11章

三月六日　金曜日（執行日）

対話

ＲＨＵには時間が存在しない。人工照明だけによって可視化されている人造の地獄では、陽光の移ろいとともに陰影が伸び縮みし時の経過が人の暮らしに寄り添うことはない。

三宅の意識が、独房の床の上にころがった肉体の上にふと舞い戻った瞬間も、そこは永遠の薄暮だけが支配していた。

眠っていたのだろうか？　それすら定かではない。

悪夢にうなされない安らかな眠りに見放されてから、どれくらいの年月が経ったろうか？

一番恐ろしいのは、悪夢から目覚め、自分が現実の死刑囚であることを知る瞬間だ。悪夢の中へさえ逃げ戻りたくなる現実が、現実であることを思い知る瞬間だ。下着は、上下ともぐっしょりと汗を吸い込んでいた。

独房の隅に誰かがいた。薄ぼんやりとではあるが、明らかに人の形をした影がそこにある。それは徐々に輪郭を鮮明にしたが、逆光線の中にいるように細部が曖昧なままで、誰であるのかを特定させるものが欠落していた。

「喜びなさい。あなたが犯した罪は、今ようやく赦されようとしているのです」

影が声を上げた。

林神父？　その台詞は数時間前に教誨師の林から聞いたものと同じだったが、彼の声とは異なるように思える。三宅はあちこちが痛む肉体をようやく床から起こして、ベッドの縁に手をかけた。

「林ではない。あの男はただの代理人だ」

黒い影が、三宅の緩慢な動きに反応するように少し位置を変えながら言った。

「林の言うことは信じることができなかったようだな。だが、わたしの言葉は信じなさい。わたしは秘密を明かしに来たのだから」

三宅の肉体は、ベッドを支えにしてようやく身体を起こすと、固いマットレスの上に自分自身を引きずり上げ、仰向けに横たわった。

影もそれにつれて移動し、ベッドに少し近づいた。

「お前が死んで何になる？　何の意味がある？　お前が生きていて何になる？　何の意味がある？」

影の発する言葉は、聖譚曲《オラトリオ》にも似たリズムをもって響いた。

「わたしが明かす秘密は、すでにロシアのあの作家が明かしてしまっている。死刑は虚構だと。死刑は猿芝居だと」

影は自分の言葉が三宅に届くまでの時間を正確に計測するかのように、数秒間をおいて続けた。

「お前が繰り返し読んだあの作家の作品が、死刑となる運命のお前にとって啓示であることは分かっているはずだ」

そして、影が語り始めたのはドストエフスキーが『白痴』の中でムイシュキン公爵に語らせた挿話《アネクドート》だった。

死刑の宣告を受けて処刑場に連行され、刑の執行を受ける寸前に皇帝《ツァーリ》からの特赦の勅令が届き、刑を一等減じられた男の話。知られているように、これはペトラシェフスキー事件で逮捕され、いったんは死刑を宣告されたドストエフスキー自身の体験にもとづく物語である。

「これは単に一挿話ではない」影が続けた。「これは、死刑制度の最深部の秘密の暴露だ」

自分の人生が残り五分間だと知った死刑囚が、その五分間をどのように使うかを配分し、最後の一分間を自分の周囲の景色を丹念に眺めることに費やすために残しておく。その一分間に、彼は世界のあらゆる細部を観察する。目の前で風に揺れる草の一本一本さえが、生涯をかけても解き明かせないほどの神秘と謎に満ちている。はるか遠くから聞こえるどこかの鐘の音さえ、世界の果てを告げるものではない。そのさらに彼方にも、自分の知り得なかった、そして永遠に知ることのない様々な人々やその暮らしが存在している。

自分はこの世界の何を知り得たのか、自分は今までの生涯の中で、この最後の一分間に知ることのできた事柄以上の何を観察し、考え、知り得たのだろうか？

死刑囚を最も苦しめる想念は、もし自分がこのまま生き続けるならば、何ができるだろうという空想である。残された一分間と、もし生き続けられたとしたら存在しうるだろう年月との間の隔絶こそが、死刑囚を責めさいなむ最後の苦しみなのだ。

死との絶対的な対面が数分間も継続するという経験は、死刑が他のすべての死と峻別されることの一つだ。処刑に伴う肉体的苦痛や拷問は、この苦しみに較べればまだ耐えやすい、とまでムイシュキンは語っている。

この一分間を味わった者に、それ以上の肉体的苦痛や肉体的抹殺を加えることに、何の意味があるのか？　死体を殺して、何になるのか？

「そう考えたことはなかったか？」

影はここまで語り終えると三宅に尋ねた。

「ある」三宅は天井に目を向けたままつぶやいた。

「そうだ。死刑囚でこのことを考えない者はいない。だからわたしが今、お前に明かそうとしている秘密は、実は公知の事実でもあるのだ」影が答えた。

「ドストエフスキーがこの時体験したものこそが死刑だ。最後の一分間の魂の苦しみこそが死刑だ。肉体的死はそれに比して何の意味もない。それはむしろ、魂の苦しみから逃れる最後の救いですらある」

こう述べると、影は急速に周囲の闇と同化し始めた。

「これだけを覚えておけ」すでに独房の闇そのものの一部と化した影の声が反響した。

「一分間のあとは、無意味だ」

三宅はベッドに仰臥した姿勢のまま、全身をわななかせていた。恐怖と安堵感が同居しうることを知っているのは、全世界で自分だけだ。今三宅が震えているのは、死への恐れのせいではない。真実を知ったことへの畏れのせいだった。

その時、何人もの靴音がして、三宅の房に近づいた。

「死刑囚四〇〇六番、三宅茜、そろそろ時間だ」

看守の一人が声をかけ、独房の扉が開かれた。

確率

ゆうべ十分に眠れた者は、一人もいないだろう。朝六時十五分にS拘置所の敷地内にあるゲストハウスのカフェテリアに集合した六人は、みな腫れぼったい目をしていた。

コーヒーサーバーにはすでに熱いコーヒーがたっぷり用意され、朝食も和洋どちらかを選べるという気の利かせようだ。

六人が一緒になる機会は、昨夜の夕食時に次いで、今が二度目だった。

これまで互いのチームが別々の場所で同じことをやらされていたことは、夕食の席での会話で知った。この席には拘置所側からは柘植という教育課長だけが同席していた。彼は人当たりがよく、六人に細かな心遣いを見せたが、やはり彼の存在は、六人が交わす会話から自由を奪っていた。

互いの住所や電話番号の交換は、初めて顔を会わせた時から禁止されていたし、その他の個人情報についても立ち入って話さないよう、事あるごとに言われていた。法務当局が、執行員がこの任務を終わったあとで何らかの相互交流をすることを嫌っているのは分かっていた。だから柘植の役割がそのための監視役であることは明白だった。

処刑前日まで、互いのチームの存在さえ知らせなかった理由は、公式には一度も説明されなかったが、柘植は「あくまでも自分が執行をするという前提で一週間のレクチャに臨んで欲しかったから」だと釈明した。

「皆さんに、もし不快な思いをさせたのならお詫びします」と述べたが、一拘置所の教育課長の言葉など、その場限りの意味しかない。少なくとも所長か、あの偉そうな検事が釈明すべきことだろう、と真由は思ったが、口に出すことはなかった。

それよりも、S拘置所に到着して以来、真由の頭をずっと離れないことがあった。それは、時計の進行だった。

今この瞬間、死刑囚はどこでどのように過ごしているのだろうか？　それが一分ごとのスケールで、彼女の心臓と同期をとっているように思えた。

あと数時間に迫った確実な死を前に、恐怖に震えているのか、泣きわめいているのか、それともあきらめきっておとなしく待ち続けているのか？　真由にはどのような想像もリアリティをもつことができなかった。

三宅茜という囚人の顔は、執行員としての一週間のレクチャの間に繰り返し写真を見てきたから、簡単に思い浮かべることができる。だがそこに写された表情からは、三宅という人間の今の姿を想像するのは困難だ。

週刊誌や一部の新聞が三宅の起こした放火殺人をセンセーショナルに報じた時、そのどれもが最初は同じ写真を三宅のポートレートとして掲載した。まだ故郷のF市にいた十代の頃の三宅が、クルマのボンネットに腰かけて笑っている写真だ。逮捕された時三十四歳だった彼の二十歳以降の写真を、どの社も逮捕時には発見することができなかったのだ。

当然ながらその写真の少年と現在の三宅はまったく相貌が異なっているはずだ。それなのに、真由がイメージすることのできる死刑囚は、まだ幼さが笑顔からこぼれているような、ちょっと不良っぽく気取った子どもの顔をしている。

そんな少年を処刑する訳ではない。死刑囚は、何の罪もない三人を無惨に惨殺した凶悪犯なのだ。それは分かっていた。だがそれにしても、今この瞬間にはまだ健康な肉体をもっていて、自然死するはずのない男の生命を、自分の手で終息させなければならないかもしれないのだ。その確率は五十パーセント。だが、男に死が訪れる確率は百パーセントだ。死刑囚にとってはこの百パーセントの確率こそが何よりも恐怖の対象であり、死刑執行員候補者たちにとっては、自分が選ばれる可能性がまだ五十パーセントという境界線上にあることが、その不安と苛立ちの最大の原因だった。

いっそ六人全員が執行に関わる方が、まだしもこの処刑前の数時間を楽に過ごせるのではないかとさえ思えた。

真由はミルクをたっぷり入れたコーヒーをすすった。ほかのものに手をつける気にはなれなかった。

翔太と亮平はトーストとスクランブルエッグを皿にとっていた。

「あいつら、本番で食ったもの吐かへんかな」

コーヒーを自分のカップに注ぎながら、光野がぽつんと言った。

真由の関心は、自然と秋川純子に集まった。相手も、何となく自分を意識しているのが分かる。二チームの中の、一人ずつの女同士。この人は結婚しているのかしら？　自分が人を殺したことを知っている夫のもとに帰っていくのかしら。わたしは将来結婚するとしたら、夫にきょうのことを告げるだろうか？

ユリイカ

執行室隣の準備房に移る際に、シャワーを浴びることが許可される。最後に身ぎれいになって、さっぱりとした気分で死ねるようにとの配慮なのだろう。

いくらゆっくりとシャワーを浴びてもよいのだが、文字通りシャワーが設置されている以外に何もない狭い空間に、それほど長くいる気はしない。熱い湯の奔流が冷えきった身体を暖めてくれる時、その温かさがもうすぐに奪い取られてしまうことをことさら意識せざるをえない。

執行準備房は、これまで一週間を過ごした独房の二倍以上の広さがある。それはこの房が、死刑囚が最後に自分を訪れる訪問者たちを迎える「応接間」ともなるからである。

最初に訪れたのは、医師である。彼は執行二時間前の午前八時に正式な診察を行うための予備的な問診として、房の入口付近に立ったまま、三宅に二、三の言葉をかけただけで、すぐに立ち去った。

次は「最後の晩餐」ならぬ最後の朝食が運ばれて来る。

あらかじめ要望を聞かれ、三宅はうどんと答えていた。故郷のF市はうどんが有名で、子どもの頃、けっして裕福ではなかった家庭で、うどんはごくたまに外食に連れていってもらう時の定番だった。

ほかにも寿司やあんみつなど、思いついて列記した注文の品を並べた手押しの配膳カートが房の中に入ってきた時、その取り合わせの珍妙さに、三宅自身が笑い出してしまいそうな代物だった。アルコール類は、たとえ死刑囚の最後の願いであっても許可されることはない。

食欲はないが、手持ちぶさたでもあり、せっかくの温かなうどんを一口すすった。うまかった。味など分からないだろうと思ったが、むしろ感覚が研ぎ澄まされ、味覚まで深くなっているようにさえ思えた。

食事はもともと食べきれないほどの量があったから、かなりが残った。

食事を片づけに来た看守が、代わりに便箋とボールペンを置いていった。遺書を書けということだろう。執行日を告知されてからの一週間に、遺書を書く機会はいくらもあったが、三宅はまだ一通も書いていなかった。

弟にあてて、短い手紙を書いた。十代の頃から家族とは離れて勝手な生活をしてきた。この犯罪を犯す前からすでに疎遠になっていた弟とは、死刑囚になってから逆に一年に一度であれ葉書をもらう関係が復活し、弟がどこで何をしているのか、いつ結婚して子どもがどうしているのかも知ることができた。

母親あてには書けなかった。ただ弟にひと言「お袋を頼みます」とだけ書いた。

五十三年の人生の中で、どれほどの数の人間と関わり合ってきたかしれないが、今遺書を書く相手は、ほかにいなかった。だが三宅が遺書を書けない理由はそれだけではなかった。

遺書を書いてしまうことは、自分が本当にあと数時間で殺されることを、自分自身で確定してしまうことになるようで恐ろしかった。だから弟あての手紙の中でも、遺書であることを示すような決定的な文言は避けた。それを書くことは、処刑に向けて確実に動いているマシンの動きを自らが認め、看守たち同様に自分自身がその部品の一部となるように思えた。

「一分間のあとは、無意味だ」

けさ、この準備房に連れてこられる直前に見た夢の中で、黒い影が最後に三宅に告げた言葉が、彼の頭の中で繰り返し反響し続けていた。

あれは夢だったのだろうか？

最後の一分間のあとは無意味だとは、どういう意味なのだろうか？

死刑囚となるまでは読書の習慣などなかった三宅だったが、ここ十数年の間に、本だけはたくさん読むようになっていた。ほかにすることがなかったし、死刑囚とは、何かに熱中していなければ、とても十数年、仮にも正気を保っていることなどできない境遇だ。

死刑に関わりのある本は、検閲で不許可となることが多いが、フィクションなら許可された。だが執行シーンが描写された部分は黒く墨で消された。

ドストエフスキーの主要な作品はすべて読んだが、抹消されている部分はなかった。『白痴』の中の死刑に関する有名な挿話も、確かに読んだ記憶があった。

確実に殺されるという恐怖を味わうことこそが死刑の本質なのだ、それは他のどのような死とも異なる。影はそう言い、ムイシュキンを通じて、ドストエフスキーもそのように語った。だとしたら、最後の一分間の恐怖さえ味わえば、肉体的な死は必ずしも死刑にとって必要なことではない。「無意味」とはそういう意味ではないのか？

三宅の中に天啓のように、ある考えが浮かんだ。ドストエフスキー、そうだ、彼は死刑執行の直前に減刑の勅令を受けて生命を長らえたではないか。影が俺に伝えようとしたのは、そのことなのだ。執行は茶番だとも言った。

俺は処刑台にくくりつけられ、腕に注射針を刺される。処刑室と立会人室を隔てる窓のカーテンが開けられ、固唾をのむ立会人たちの前で、拘置所長がしかつめらしく執行命令を読み上げる。

所長が腕時計に目を落とし、執行員たちに合図を送ろうとした瞬間、壁の電話機が鳴る。

法務大臣か総理大臣か、何しろ偉い人からの直々の電話だ。

所長が手で執行員を制して、電話口に出る。二言三言会話が交わされ、所長はちょっとため息でもついてから、おもむろに全員に告げる。

「処刑は中止」

あわただしくカーテンが引かれ、立会人たちは訳も分からないまま看守たちに促されて室外へ出される。

そして、俺にはこう告げられるのだ。

「お前は死刑執行の恐怖を味わった。従って執行は終了した。お前はこのあと、世界の果てに追放され、そこで生涯を終えるのだ」

いや、そうではない。それだと死刑執行が途中で中止されたことが世間に分かってしまう。きっと立会人たちの前では処刑が行われたかのような芝居が行われるのだ。そうだ、文字通りの茶番劇だ。

あの黒い影は、ドストエフスキーが描いたのは「死刑制度の最深部の秘密の暴露」だと告げた。すべての死刑は世間を欺く茶番なのだ。ロシアの皇帝がやったように、単に脅しで十分なのだ。本当に殺してしまうなんて、いくらなんでも馬鹿げているではないか。そんなことを本当にやると信じて恐ろしがっている愚かな死刑囚こそお笑いぐさだ。いや、世間だってそれにころっと騙されているんだから、いい面の皮だ。

影が最後の言葉を伝えたあと、自分を襲った恐怖と安堵が同居する激しい感情のたかぶり、あの時、真実を悟ったと思った一瞬の昂揚の意味が、処刑二時間前の今、はっきりと理解できた。

絞首刑から致死薬注射に死刑執行方法が変わったことだって、それで説明がつくじゃないか。絞首刑だと目の前で吊すんだから、ごまかしがきかない。注射なら、仮死状態にさせ、あとから覚醒させる薬だって、きっとあるに違いない。これなら立会人たちも、本当に死刑が執行されたと思い込むに決まっている。

真実を知っているのは、死刑囚本人と所長だけ？　ひょっとすると所長すら知らないのではないだろうか？　いや、法務大臣だって、総理大臣だって知らない。

それは、少なくとも世俗の国家権力を超越した存在が決めたことでなければならない。俺はきっと偽りの処刑から甦ったなら、この国のすべてを超越し、この国の政治制度を超えてこの国を統べる存在の下僕になるのだ。死刑とは、国家自身が国家を超越するための神聖な儀式にほかならない。それですべてが完璧に整合する。

三宅は、声を押し殺して嗚咽した。

カウントダウン

執行員が宿泊したゲストハウスからS拘置所地階のRHUまでは、直接に連結された地下道があった。徒歩で五分足らず。六人は看守たちに付き添われて、通常は一般の人間が立ち入る機会はまず絶対にないこの日本の最深部に降り立った。

ゲストハウスを出る段階で、私的な持ち物はすべて預けさせられたが、腕時計だけは許可された。そのことは、時間の進行のもつ意味が、ここでは特別のものであることを示唆していた。時計は未来に向かって進行していくのではなく、ある絶対時刻までの残り時間をカウントダウンするためにのみ存在した。

三宅がGHUからRHUへ移送される際に通った経路とは別だったが、やはりエアロックのような二重構造の扉を二度通過しなければならなかった。

まず男女別々のロッカールームに案内され、下着以外のすべての衣服を「官」が用意した白衣に着替えさせられた。

次いで別室で血圧測定が行われたあと、個別に医師の問診と聴診器による検診を受けた。セミナーハウスでのレクチャ期間中にも医師の診察は受けていたし、これはごく形式的な、いわば儀式の通過点に過ぎないと思われた。しかし、にもかかわらず、あるいはだからこそ、その手順はきわめて丁寧になぞられていく。

待機室に入ってからは、嫌になるほど繰り返させられたプロセスに過ぎないはずだった。だが本番では、二チームが別々の部屋に待機させられたのは、事前に聞いていないことだった。

片方のチームの様子が分からないだけに、待ち時間が異様に長く感じられる。まだ二チームのどちらが執行にあたるのか知らされない。

ニュースショー

遺言をテープ録音することは断った。

面会の予定はなかった。今さら教誨師と話すこともない。三宅は房内へテレビを入れてくれるよう頼んだ。

朝のニュースショーをやっていた。若い女性アナウンサーがどこかの街角に立って、きょうの天気が快晴であること、しかし冷え込みは厳しく、三月だというのに真冬なみの寒気が戻ってくることを伝えている。喋る度に息が白く見え、耳たぶを赤くしているのまで分かる。

《この娘《こ》は二十五～六だろうか？　俺が事件を起こした頃はきっと小学生だったんだろう》

三宅は、いつもこんな具合に他人の時間と重ね合わせることで、自分が監獄で過ごした時間を計量した。

この娘が中学生になった時も、高校に進学した時も、誰かと初めての恋愛をした時も、新人アナウンサーとして研修を受けていた時も、俺の時間は何の変化もない毎日を刻み続けてきた。きのうと変わらないきょう、きょうと変わらない明日。一年前と変わらない明日。五年前と、十年前と変わらない明日。

たとえその経緯の中で、俺の内部になにがしかの変化が徐々に進行したとしても、それは俺以外の誰にも見えない。いや、この十八年間が何かをもたらしたのか、無に等しかったのか、俺自身にも分からない。

俺は罪を心から悔いたか？

俺が知っているのは、この問い自体が陳腐だということだけだ。同じ問いが、何年にもわたって繰り返されれば繰り返されるほど、その時間の経過は何ものも生み出さないことによって無化されていく。

時が過ぎ去ったことの唯一確かな証しは、事件当時はまだ初潮も迎えていなかったろう幼い少女の肉体が、テレビの画面を通して、死の間際にいる俺の性欲を刺激するような若い女の肉体に変化したということだ。

カメラがスタジオに移ると、男女ペアのアナウンサーがきのう起きた殺人事件のニュースを伝え始めた。

「雑木林の草むらに遺体のようなものがあるのを、犬を散歩させていた近所の男性が発見し、警察に通報しました」

俺が死刑になる日に明るみに出たこの事件が「解決」するまでに、どれほどの時間とどのような経緯をたどるのだろう？　俺がそれを知る由もないが、もし犯人が死刑になるとしたら、自分の事件が報じられるのを見ながら、数時間後に迫った処刑を待っていた死刑囚がいることを、彼はおそらく想像すらできないだろう。いずれにせよ、その男が今の俺と同じように処刑に臨む瞬間までには、俺がたどったと同じ、あの永遠に続くかと思われるような、だが確実にある決定的瞬間へ行き着く道程が、そっくりそのまま繰り返されるのだ。そしてその男のあとも、さらにその後もまた、この道程は、おそらく絶えることなく続くのだ。現に殺人事件など、こんなにもありふれた日常茶飯事ではないか。

もと検事という弁護士が、事件の情報もまだほとんどないにもかかわらず、それらしいコメントをし、男女のアナウンサーがうなずくシーンをカメラがとらえたあと、「では次は静岡からお伝えします」と別の話題に切り替わった。

誰よりも早く最新ニュースに接するはずのテレビ局の連中さえ知らないこと、まだ原稿にさえなっていないことを俺は知っている。今夜のニュースで報じられるだろう、俺の処刑のことだ。

国民死刑執行法が国会で論議されていた時、死刑報道の事前化も一部で議論になったことがある。アメリカなどでは、数週間から数カ月前に処刑期日が公表され、執行カウントダウンに向けて、メディアが死刑囚や事件関係者の取材に奔走する。また処刑当日は、報道、死刑反対派、死刑推進派、ただの野次馬が入り乱れて執行施設周辺に参集する様子が、繰り返しテレビや新聞を賑わすのが恒例となっている。

行政に対する情報公開の拡大を求める見地からも、アメリカなみの執行の事前公表と報道の自由を要求する声が上がったが、けっきょくそれはうやむやにされたまま、国民から死刑執行員を選定するという法案が国会を通過した。

一つの法案をめぐって、より包括的、普遍的に議論が広がったり深まったりするということは、いつものことながら、けっして起こらない。逆に、執行員を民間から選定することで、事前に執行情報が漏れる危険性が増大するとして、その防止のための情報規制強化の方が、与党のみで可決してしまった。

だから、次のようなニュースを国民が知るのは、夕食をとりながらという時刻になるのである。

「本日午前十時、S拘置所において、三宅茜死刑囚（五十三歳）の刑が執行されました。三宅死刑囚は平正二年十二月、R県で起きた強盗放火殺人事件で三名を殺害したとして死刑が確定していました」

そして三名を殺害した手口の残忍さや、仮釈放中に起こした事件であることや、覚醒剤常用者であったことなどが十八年ぶりに蔵出しされ、男のニュースキャスターがちょっと眉をひそめながら読み上げ、隣の女のキャスターが一つ二つうなずいたあと、「では次は鹿児島からの話題です」とにこやかにつなぐのだろう。死刑などという胸くその悪いニュースの直後であろうと、いや逆にそのあとだからこそ、桜前線がどうしたというような話題にでもふって、アナウンサーも見ている側も、気分転換をしなくてはならない。

彼らは、十八年前の事件について語るが、この十八年間については絶対にふれない。三宅茜という、どうしようもない粗暴犯が愚かな犯罪のせいで処刑されたことは伝えるが、三宅という男が、死刑判決を受けたあとも獄中で何年も何年も生き続けたことは、ニュース原稿の行間にさえ見出すことはできない。

房の外に人の気配を感じて振り向くと、白衣を着た医師が立っていた。処刑前最後の医務診察の時間だった。テレビを房に入れたのは時計代わりでもある。画面下には午前八時〇一分と表示されている。

医者の奴、一分遅刻しやがった。

血圧を測り、口を開けさせて舌の裏側からのどの奥まで懐中電灯で照らして調べた。

医師が最も時間を費やしたのは、三宅の両腕の静脈の検査だった。すでに獄中に十八年いるとはいえ、それ以前の覚醒剤常用の履歴は、彼の静脈にまだ影響を残していることが懸念されたのだ。

「心配はいらない」医師はそれだけ言い残して立ち去った。

これで処刑そのものを残して、すべての儀式が終わった。あとは処刑室に移動し、茶番劇の主役として立派に演技すればゲームオーバーだ。

三宅はふたたびテレビに目を向けた。今度は熱心にチャンネルを切り換え、あちこちの局を順繰りに見て回りながら、時間をつぶすことに熱中した。

最後の一分

「執行室へ移動する時間です」

看守が執行員控え室のドアを開いて声をかけた。

池谷聡は腕時計と壁の掛け時計に目をやり、両方の針が八時四十分を指していることを確認した。

三人が立ち上がり、廊下へ出た。執行室まではわずか十メートルほどしかないが、そのわずかな距離を移動する時間は、一秒ごとのプロセスとして知覚されうるほどに濃縮され、一歩ごと、一呼吸ごとに心臓の襞に刻み込まれた。

秋川純子の中に、すでに逡巡や戸惑いはなかった。最終的に自分たちのチームが執行員に選ばれた時、それは始めから決まっていたかのようにさえ思えた。

池谷聡も、そして最初は頼りなげだった谷脇亮平も、今や彼女の目に、頼もしい同僚と映っているし、現に動揺もなく、立派にふるまっているように見える。むろん顔には極度の緊張が表れているし、足もともいささかふわついている気がするが、意識はしっかりと自分のなすべきことを反芻している。

執行室内には、すでに上嶋所長、恩田検事、柘植教育課長らの見知った顔や、初めて見る制服・私服姿の人物など七、八名が、執行員三名を待ち受けていた。狭い執行室の中では、それは「ひしめいている」と形容できるほどの人数に見えた。

執行員は、所長のすぐ後ろで死刑囚を待つことになっている。

池谷聡を真ん中に、谷脇亮平が右、秋川純子が左に位置して並んだ。

執行準備房から執行室までの正確な距離を、三宅はあらかじめ知ってはいなかった。漠然と数十メートルの距離を歩いていく自分の姿を予想していたに過ぎない。

房を出て、すぐに廊下を左折すると、目の前はドアが一枚あるだけの行き止まりだった。このドアを出て、最後の行程となる回廊を通っていくのだ。世界のすべての細部を観察し尽くすための道程、俺の人生の中で最も長い一分間が、この扉の外にある。

ドアは執行室そのものの入口だった。

突如、大勢の人々が待つ執行室の空間に直面した三宅は、激しく動揺した。世界をその細部にわたってまで認識し尽くすことができたはずの最後の一分間が、何の警告もなく彼の人生から奪われてしまったのだ。

裏切られた！　三宅の中で激しい恐怖と怒りが炸裂した。影が約束したことは、嘘っぱちだったのだ。俺は本当に殺されるのだ。

三宅は激しく身もだえし、看守たちの手を振りきろうとした。

「三宅、観念してくれ！」看守たちに押さえ込まれた三宅の耳に、柘植の絞り出すような声が聞こえた。

第12章 氾濫

小河真由は、執行室隣の待機室にいた。石巻翔太と光野剛は、悄然として傍らのソファに腰をかけている。

「今やから言うけど」光野がぽつりと口を開いた。「俺は執行やりたかったんや。長いこと映画の宣伝やってきたけど、ほんまはシナリオ書きたかったんや。執行員なんてめったにない機会やもんな。こら、いけるで思たんや。そら守秘義務とか何とかいうのも知ってるけど、そんなもんフィクションや言うたらどないでもなる」

「シナリオライターですか？　かっこいいですね」

翔太なりに会話をつなげようとしているのだろうが、相変わらずどこかピントのずれた台詞を無視して、光野が独り言のように続けた。

「けどな、正直、怖かったんも事実や。今は半分がっかり、半分ほっとしたのが本音やな。

つまり自分でも何が本音かよう分からん」

真由は、壁の時計に目をやった。針は九時にさしかかろうとしていた。もうすぐ、執行室に囚人が入室する。

おそらくあと数歩で執行室のドアにたどりつくところだ。

「犯罪とか起きると、テレビや新聞でコメントしよる連中おるやろ。死刑とか戦争とかいうと、専門家やいうのが必ずどっかから出て来よる。どっかの大学教授やとか、もと検事とか、もと自衛隊とか、もと内閣調査室とかいう連中が都合よう出て来よる」

九時十分。今、囚人を処刑台に横たえ、革製のストラップを締め付けている。

「みんな自分だけが国民の知らんこと知ってるような顔して偉そうに喋りよるけど、そんなもん、もともと秘密主義にしてるさかいに国民が知らんだけの話や」

九時十三分。囚人は、すでに身動きできないように固定されている。執行技官が囚人の腕をまさぐり、注射針が無事に腕にセットできるように静脈を探している。

「自分で作った秘密を小出しにしながらメシのたねにしやがって。俺かて執行員やったら、それをネタにヒット作の一本くらい作ってやるがな」

九時十五分、執行技官が生理食塩水の点滴を開始する。

《執行員は——わたしたちは、致死薬注射の始動スイッチの位置へすみやかに移動しなければならない》
　真由が椅子から唐突に立ち上がった。
《わたしの目の前には、三つのボタンが並んでいる。わたしは、その一つに指をおいて、所長の合図を辛抱強く待っている。このボタンのどれかが、囚人を確実に死に至らしめる薬物を静脈に向かって押し出すスイッチを作動させる。それにいったん手を触れるだけで、すべてのプロセスは不可逆的に死に向かって一瞬に走り出す。誰のボタンが本物かなど関係ない。そのボタンに触れた瞬間に、わたしは死刑囚にとって、絶対的な運命となる》
《わたしは死刑執行員なのだ。執行員に補欠などという間の抜けた立場はない。たとえ自分の手でボタンを押さなくとも、自分が執行員であることに変わりはない。三つ並んだボタンは、執行者を三倍にするための装置だ。いや、それは執行者を一億二千万人にする装置だ》
　真由は待機室の扉を開け、外へ飛び出した。廊下で警備にあたっていた数名の看守にも、真由の行動は予想外だったようだ。あわてて制止しようとしたが、真由はあっという間に執行室のドアまで到達していた。
　ドアを開くと、処刑室と立会人室の間のカーテンが開かれ、上嶋所長が執行命令書を読み上げようとしているところだった。

真由は執行室に走り込んだ。あたかも時間が停止したように、室内のすべての人々が棒立ちになった。

真由は、処刑スイッチ盤にたどりつこうとした瞬間、誰かが自分の上着の端をとらえようとしているのを感知した。その手をふりほどこうと一瞬後ろを振り返った真由の目に、光野と翔太が、看守たちを押しのけて室内に入って来るのが見えた。

秋川純子の口から、言葉にならない悲鳴が飛び出した。

《私の死刑囚をいきなり横取りしようなんて、とんでもない女だ。みんなの期待を背負ったわたしの立場はどうなるのよ》

秋川純子と池谷聡、谷脇亮平の三人組は、自分たちの定位置であるスイッチ盤前を確保しようと、期せずして全員が横並びになって阻止線を張る恰好になった。

上嶋所長も、戸惑ったのは一瞬だけで、執行命令書を放り出して真由に掴みかかった。内閣総理大臣の代理人がこれに加わる。

処刑台の三宅が、何かを大声で叫び続けていたが、その声は全員の怒号に完全にかき消された。
処刑スイッチに向かって、四方八方から腕が伸びた。

第13章 エピローグ

次のニュースです。

本日午前、全国五箇所の拘置所において、合計十名の死刑囚の死刑が執行されました。法務省の発表によれば、処刑されたのは次の十名です。

山本武史（四十七歳）三名殺害・死体遺棄

藤谷哲朗（六十一歳）強盗殺人二件

池村尚人（五十八歳）強盗殺人

　以上、O拘置所

竹原忠次（七十一歳）強盗強姦殺人・放火

清水左千夫（五十四歳）強盗殺人二件・放火

　以上、K拘置所

田辺郁郎（三十五歳）殺人・死体損壊・死体遺棄
高木基義（三十七歳）二名殺害・窃盗
　以上、Ｔ拘置所
早川政康（六十歳）強盗殺人・放火
町村悟　（二十九歳）強盗殺人
　以上、Ｆ拘置所
三宅茜（五十三歳）強盗殺人・放火
　Ｓ拘置所
今回の処刑は、昨年一月八日の六名の執行以来、一年二カ月ぶりとなります。国民死刑執行法の施行以来、年一回という執行のペースはほぼ定着し、一回の執行数も徐々に増加してきました。しかし今回のような一度に五箇所、十名の処刑は初めてのケースです。
では、続いてスポーツコーナーです。今村キャスターお願いします。

【参考文献】

『死刑産業――アメリカ死刑執行マニュアル』スティーヴン・トロンブレイ著　藤田真利子訳（作品社）
『処刑電流――エジソン、電流戦争と電気椅子の発明』リチャード・モラン著　岩舘葉子訳（みすず書房）
『死の影の谷間から』ムミア・アブ＝ジャマール著　今井恭平訳（現代人文社）

今井恭平（いまい・きょうへい）
一九四九年生まれ。福岡県出身。ジャーナリスト。冤罪、死刑等を中心テーマに執筆。本書は初のフィクション。訳書：『死の影の谷間から』ムミア・アブ＝ジャマール著（現代人文社）

クロカミ The Black Slip

国民死刑執行法

二〇〇八年五月十五日　第一版第一刷発行

著者　今井恭平
発行人　成澤壽信
編集人　北井大輔
発行所　株式会社 現代人文社
〒160-0004 東京都新宿区四谷2-10 八ッ橋ビル7階
電話 03-5379-0307（代表） FAX 03-5379-5388
Eメール henshu@genjin.jp（編集） hanbai@genjin.jp（販売）
Web www.genjin.jp 振替 00130-3-52366
発売所　株式会社 大学図書
印刷所　株式会社 ミツワ
装丁　Malpu Design（長谷川有香）
装画　本村加代子

検印省略　Printed in JAPAN　ISBN978-4-87798-375-8 C0093